Venezia è un pesce

威尼斯是一条鱼

〔意〕提齐安诺·斯卡帕 著　陈英 译

著作权合同登记号　图字 01-2018-3340

VENEZIA È UN PESCE
by Tiziano Scarpa
Copyright © Giangiacomo Feltrinelli Editore，2000
First published in April 2000 with the title *Venezia è un pesce*
by Giangiacomo Feltrinelli Editore，Milano, Italy
All rights reserved.

图书在版编目(CIP)数据

威尼斯是一条鱼/(意)提齐安诺・斯卡帕著;陈英译. —北京:人民文学出版社,2018
(远行译丛)
ISBN 978-7-02-014535-5

Ⅰ.①威… Ⅱ.①提… ②陈… Ⅲ.①游记-作品集-意大利-现代　Ⅳ.①I546.65

中国版本图书馆 CIP 数据核字(2018)第 189708 号

出 品 人　黄育海
责任编辑　卜艳冰　潘丽萍
封面设计　汪佳诗

出版发行　人民文学出版社
社　　址　北京市朝内大街 166 号
邮政编码　100705
网　　址　http://www.rw-cn.com
印　　刷　山东临沂新华印刷物流集团有限责任公司
经　　销　全国新华书店等
字　　数　77 千字
开　　本　890 毫米×1240 毫米　1/32
印　　张　4
插　　页　5
版　　次　2018 年 12 月北京第 1 版
印　　次　2018 年 12 月第 1 次印刷
书　　号　978-7-02-014535-5
定　　价　39.00 元

如有印装质量问题，请与本社图书销售中心调换。电话:010-65233595

目　录

1　　威尼斯是一条鱼
5　　脚
11　　腿
20　　心
31　　手
38　　面孔
43　　耳朵
48　　嘴
54　　鼻子
66　　眼睛
80　　书
92　　尾巴
95　　威尼斯　莫泊桑
102　　杀人的石头
112　　防美辐射指南
118　　口香糖桥
122　　在威尼斯睡去　迪奥戈·梅纳德

威尼斯是一条鱼

威尼斯是一条鱼。从地图上看，它就像一条躺在水底、体型巨大的比目鱼。这神奇的动物为何会来到亚得里亚海？又是为何在此落脚安家的呢？它本可以随性游玩，想在哪里停留就在哪里停留。它迁徙、旅行，以它一直钟爱的方式尽情游玩。这个周末在达尔马提亚，两天后在伊斯坦布尔，第二年夏天又到达塞浦路斯。它在这里停留了下来，应该是有原因的，就像大马哈鱼逆流而上，到山区繁殖，它们跃上瀑布，完成疲惫不堪的旅行；鲸、美人鱼和"破浪神"都会前往马尾藻海，结束自己的生命。

我对你讲这些，其他书的作者会感到好笑。他们一般会告诉你：这个城市从无到有，它在商业和军事方面的成就，它曾经轰动一时，以及后来的衰落，总之，他们讲的都是传奇。请相信我，事实并非如此，威尼斯还是老样子，几乎一直都是你看到的样子。太始之初，它就在航行，它到达所有港口，靠过所有码头和可以靠岸的地方：它的鳞片上留下了中东的珍珠母、腓尼基晶莹的沙粒、希腊的软体动物，以及拜占庭的水藻。然而有一天，它感到堆积在皮肤上的鳞片、沙粒和碎屑渐渐成为一种负担。它意识到了自己身上背负着一个厚重的壳，在水流中穿梭的话，它的鳍太重了，所以它决定一劳永逸，游到地中海最北边，在这个最宁静、最隐蔽的地方休憩。

从地图上看，一座桥将它与陆地连接了起来，这座桥像是一根鱼线：威尼斯好像咬住了鱼钩。有两条线将它束缚：一条铁轨和一条沥青路，但这是后来才修建的，在一百多年前才开始有的。我们担心，有一天威尼斯会改变想法，再次远行，所以我们将它系在环礁湖上，这样它就不会因为突然重新起航而永远离开我们。我们对其他人说，这样做是为了保护它，因为经过很多年的停泊之后，它已不习惯游动，它肯定会很快被捕获，肯定会落入某艘日本捕鲸船的渔网，会被放在迪士尼乐园的水族馆里，供人观赏。事实上，我们已经不能没有它了，我们占有欲很强，爱它的人想将它留住，即使是用虐待和暴力的方式。为了将它和大陆连在一起，可以说，我们做的最糟糕的事情就是：将它牢牢钉在了海底。

捷克作家博胡米尔·赫拉巴尔，在他的一本小说中描述过一个对钉子着魔的孩子：他在自己家里，去朋友家，在宾馆，都会在地板上到处钉钉子，他只要看到木地板，就会从早到晚在上面不断锤打，想把房子钉到地上，好像这样他会感到更安全。威尼斯就是这种情况，只是这些钉子不是铁质的，而是木头的，而且非常庞大，长度为两米到十米，直径二三十厘米，这些巨型钉子被楔入水底的泥浆中。

你在威尼斯看到的大理石建筑，还有砖砌的房子，都不可能直接建在水上，那样的话，它们会陷进泥浆里。怎么才能在淤泥上打下牢固的地基呢？威尼斯人将数以千万计的木桩楔入环礁湖，圣母安康教堂下至少有十万根木桩，里阿尔托桥下也一样，这是为了承受石拱的压力。圣马可教堂建在栎木做成的木筏上，桩基是用榆木搭建的。威尼斯人从威尼托地区阿尔卑斯山上的卡多雷森林获取木材，放在皮亚韦河上，这些木材顺流而下，漂至环礁湖。这些树木包括落叶松、榆树、桤树、栎树和松树。威尼斯共和国非常精明，一直重视保护森林资源，并建立了一系列严格的保护森林的法律。

树木头朝下，用一种带滑轮的、可以拉到高处的铁砧楔入泥浆中。孩童时期我看到过这样的情景，我听着打桩工人缓慢、洪亮而有节奏的歌声，伴随着敲击声，一个圆柱形大锤,在一条竖立着的轨道上缓慢地向上移动,最后突然落下。泥浆将这些木桩裹进保护套里,这样能防止它们接触空气而腐烂,这些树干与空气隔绝,几个世纪之后,木头已经矿化,变得和石头一样坚硬。

你正漫步在一片无垠的、翻转过来的森林上,这真是让人难以置信的事情,像是一位蹩脚的科幻作者虚构出来的故事,但在这里却是真实的。我将从"脚"开始,为你讲述发生在威尼斯的事情。

脚

威尼斯像一只乌龟：特有的灰色粗面岩铺成的路面，形成了它的龟壳。所有的石头都来自远方，正如保罗·巴尔巴诺（Paolo Barbaro）所描述的：在威尼斯，你所看到的几乎所有东西，都来自别处，要么是进口的，要么是走私的，抑或是抢来的。你脚下的石头地面很光滑，虽然为了雨天防滑，地面曾用带齿的锤子敲打过。

你要去哪里呢？快放下地图吧！为什么你要不惜一切代价，想知道自己现在身处何处呢？大家都知道，每座城市，不管是在商业中心，还是在公共汽车站，或是在地铁里，人们都习惯于看路标。一般在这些地方，总是有一个大牌子，上面有彩色标志，还有箭头明确地告诉你："你在这里。"同样在威尼斯，你一抬头，便会看到很多黄色的牌子，上面标有箭头，并写着："去火车站，去圣马可广场，或者去美术学院，请走这边，请勿走错。"不要去理会那些路标，为什么你非要和这座迷宫作斗争不可呢？顺从它吧，哪怕一次也好。你千万不要担心，让脚下的路引领你吧！而不是按照既定的路线去走。学着闲逛，学着流浪吧！让自己就此迷失，暂且做个游手好闲、四处游荡的人吧！

你也做一次"威尼斯人"，或者尝试过上"威尼斯式生活"。第二次世界大战之后，"威尼斯式"、"威尼斯风格"这些说法，暗指我们足球队的踢球风格：我们的足球队员在足球场上的表现，常常让人感到恼怒，他们自私自利，总是带球，很少传球，踢球时视野很窄。他们成长的城市，处处都是小巷，街道曲里拐弯，非常混乱；从家到学校的近道儿，也是七弯八拐。显而易见，当威尼斯运动员们穿上短裤和球衣，上场踢球时，他们仍然无法摆脱自己的错觉——觉得四周还是威尼斯的街道和广场，于是在球场的禁区和赛场之间，他们试图从迷宫中挣脱出来。

试想一下，此时你是一粒活跃在血管里的红血球，随着心脏的搏动而移动，让这颗无形的心脏推动你吧！或者，你把自己想象成一口被送入胃里的食物：在狭窄得像食管一样的街道里，你受到两边砖墙的挤压，你通过一座阀门一样的桥滑了下去，落入水中；于是，你置身于宽敞的胃中，你在这儿稍作歇息后，不得不继续前行，因为面前有一座教堂吸引着你，你驻足观看。最后，经过一系列化学转换，你被消化掉了。

我给你的第一条建议，也是唯一一条路线，叫做"随意"，副标题是"漫无目的"。威尼斯很小，你可以迷失自己，一直走不出来，最坏的情况就是：你会走到水边，面对着水，或者泻湖。威尼斯这座迷宫里，没有牛头怪，也没有任何水怪，在暗处等着吞食受害者。我的一个美国朋友，她第一次来威尼斯时，是一个冬夜，她找不到旅馆，手里拿着一张写着地址的纸，但毫无用处。她独自一人，在这座空旷的城市里转圈，内心很焦急。时间一点点过去，她担心自己会被抢劫，但是她惊讶地发现：在这座外国城市，过了三个小时，居然还没有人袭击她，抢走她的行李。要知道，她可是一个来自洛杉矶的姑娘！在圣马可广场，或是在拥挤的码头，你可得小心点，那里经常有扒手出没。但是在威尼斯，要是你迷路了，总会遇到热心的本地人为你带路——如果你愿意找到路的话。

迷失——是旅途中唯一值得做的事情。

无论白天或者夜晚，你可以很放心地四处转悠。这里没有声名狼藉的城区，至少现在已经没有了。你顶多也就是碰上个红脸醉汉，喝得醉醺醺的来骚扰你。顺便提一下，你要慢慢熟悉威尼斯特有的城市布局。这儿不像其他城市,被两条主要干道分成四个城区,威尼斯有六个古城区:每个城区都是威尼斯的六分之一。我们熟悉的那些古城,一般都有两条主干道,这两条主干道相交,形成一个十字路口,恰好把城市分成四块。威尼斯却与众不同,它有六个区,分别叫做圣克罗切、坎纳雷乔、多尔索杜罗、圣保罗、圣马可和卡斯特洛。市政门牌号从一开始,不是排到街尾就结束了,而是要排完整个区。卡斯特洛区的门牌号,从丹多路开始,一直排到红桥脚下,创造了最高纪录——6828号。同样一座桥,坎纳雷乔区从桥的另一侧开始排,一直排到香草路尽头,也达到了6426号。

铺路的石板一片挨着一片,把道路分割成一段一段的,从街道上望去,美术上的透视法被展现得淋漓尽致。城市规划者把道路设计成这样,一定是专门为了让孩子们玩耍,他们走路时,总是故意避开石板边沿的线。"不要越界!"萨尔瓦多·达利说,这是他概括的绘画创作法则,在形式上显得如此守旧,在视觉内容上又如此疯狂。作为一个威尼斯小孩,也许意味着要习惯于不越界,要尊重事物的轮廓,而事实上,却又要打破常规?威尼斯人的脚,假装尊重现实,却又要在幻想中将它扭曲?我们的大脚趾充满幻想?我们的脚后跟生来狂热？看啊！多么超现实的狂想，多么梦幻而荒谬的城市！我们脚下，有无数接在一起的长方体石块，每一块都是平行的！每一块铺路石都是一种象征，都是威尼斯的缩影，这座城市充满了密密麻麻的线条。威尼斯被水毫不留情地隔离开来，完全没办法扩张，没办法超越自己，它在沉思中躁动，在反思中疯狂。看啊！你每走几步，就会遇到一座教堂。这座城市，表面上过于虔诚，事实上却处于信仰的混乱之中，它是一位虔诚的信徒，信仰太多的圣人贤者，它信仰的宗教是一团乱麻、一盘散沙，是一个彻底疯了的宗教。每一块铺路石都是一个徽章，没有图腾，只有一片灰色。一块死灰色的石板，只有死气沉沉的色彩，上面没有任何标记：这个空洞的徽章，唯一的图案就是它的轮廓。你踩着它们，踩着铺路石之间的缝隙：你会感到脚底那几毫米的凹凸不平，石与石之间的微小缝隙，以及石板腐蚀损耗后出现的坑坑洼洼。有一位法国绅士，他小时候来过这儿，踩过铺路的石头，那种感觉是他一辈子都无法忘怀的。

每年十一月二十一日是安康圣母节，你站在八角形教堂的正中央，站在一盏铅制吊灯下，那盏吊灯从圆顶上垂下来，距离顶部十几米。你要拖着鞋底，走在镶在地板里的铜盘上，按照传统，要用鞋尖触碰铜盘上的铸字：unde origo inde salus（救赎始于初，初为大地，行于地，福降其身），也就是说：安康源于大地，从脚底开始，贯穿全身。而你要学会用脚趾来比划，你要伸出脚趾的食指和小拇指，用这个动作来祛除晦气，让晦气经过全身，传到地底下。

　　春天的时候，在码头那儿，你要注意自己的脚下，因为地上除了随处可见的"人类的朋友们"的粪便，你还要注意下脚的地方。晚上，威尼斯人会去钓鱼，他们用灯笼和汽灯来吸引热恋中的乌贼，并用一种蝴蝶网来捕捉它们。在桶底，被捕获的乌贼挣扎着，它们把墨汁喷到岸边的石头上，冷不防就会溅到你的袜子和裤子上。

　　你走上石桥的台阶，你感觉自己的脚趾牢牢地踩在地面上，紧紧扣住台阶的棱角，那些台阶已经磨损得很厉害了。你的脚掌死死地贴着地面，为防止打滑，你的脚后跟也像钉子一样，稳固地钉在上面。你要记着穿一双轻便的鞋，鞋底儿要薄，不要穿马丁靴，也不要穿肥大的气垫运动鞋；不要穿任何有海绵垫的鞋子。我要向你推荐这种磨练精神的方法——用脚去感受。

腿

住在威尼斯，真是累死人：房子都很老，只有少数房子才有电梯，楼梯里一点多余的空间也没有。走在路上，每隔五十米、一百米，就有一座桥跃然眼前，至少要上下二十级台阶。在威尼斯，很少有人患心脏病，由于天气潮湿，人们易患骨病和风湿。

走在街道上，也是要上上下下：威尼斯的路一点儿也不平坦，总是高低起伏，坑坑洼洼，凹凸不平，到处都是小圆丘、小高地，地基都向运河倾斜。广场上，下水道井盖点缀着路面，就像胀鼓鼓的皮沙发表面上陷进去的纽扣。这一章我们除了谈论双腿，更多的是要讨论迷宫，或者更准确地说，是谈论身体里的迷宫——耳朵最里面，给你带来平衡感的耳蜗。

我不知道这个故事的真实性有多少，总之，我想把我所知道的转述给你。你数数公爵府的柱子——朝向圣马可海湾那边,圣乔治岛对面的那些柱子,从拐角处开始,数到第四根廊柱。你会注意到,和其他柱子相比,它轻微凸出了几厘米。如果你背靠着柱子,从廊柱外部,试着绕行一周,你会从白色大理石小台阶上掉下去。你再试几次,还是会不小心失去平衡,从小台阶上摔下来,尽管你使劲靠紧柱子,或者从一侧伸出一条腿,使劲想突破那个临界点,但最后还是会掉下去。小时候,我总是做这个尝试,这不是一个挑战或者游戏,它真的使我感到颤栗。有人告诉我,这是死刑犯会获得的最后一个自救的机会,这是一种神意裁判,需要平衡感,是上帝对杂技演员的裁决:如果他们能够围绕着柱子,转一圈,双脚不踩到灰色的石头上,他们就能在处决前的最后一刻得到救赎。多么残酷的考验!就像十九世纪一位法国作家的小说标题一样邪恶,叫做《希望的酷刑》。无论如何,我喜欢这种死亡的意象:脚下只有几厘米的高度,而不是通常让人畏惧的深渊,画面并不夸张,但却十分恐怖。也许死亡就是如此:来吧!台阶确实很窄,但你不会跌入深渊。你看!只有三厘米,快!只要再努力一点,没人在逼你,加油吧!再平衡一点点就好,很容易的……

你站在码头等待,准备登上小汽船:船靠近了,巨大的冲击力让你大吃一惊,就好像你被冷不防地推了一把。登上小船，你不要坐下，要站在船舷上，站在外面的顶棚下。你会感觉到，大腿随着舱内的发动机一起震动，连带着小腿肚子一起抖动。船不断摇晃，你不得不频繁地把重心从一条腿移到另一条腿，这样你会紧绷或者放松一些平时用不到的不知名肌肉。在公共交通工具方面，我必须告诉你，你得花上威尼斯城居民四倍的价钱，才能乘坐"威尼斯水上运输公司"（Actv）的小汽船。当地的居民持有"威尼斯证"，这是一种特有的证件，凭此证即可享受十分低廉的乘船价格。

我建议你站在贡多拉上，注意：我说的是用来摆渡的贡多拉，你只需付半杯咖啡的钱，他们就能把你送到对岸——差不多是大运河上三座桥的距离。在大运河上，有很多可乘坐贡多拉的地方：火车站旁旅客出口的右侧，圣马尔古欧拉教堂，鱼市前的里阿尔托桥旁，向前是汶河湾、卡尔波河湾的位置，圣天使城堡和圣托马教堂，面朝多戛纳区的百合圣母教堂，在这些地方都有摆渡的贡多拉。这不是针对游客的旅游服务，而是威尼斯人为了节省时间，通常使用的摆渡方式。摆渡的贡多拉要比旅游观光用的稍微宽一些，这样就能够载二十多个乘客和两个贡多拉船夫：一个在船头，一个在船尾；但是遵照公共法规，贡多拉最多只能载十四名乘客。

乘坐观光贡多拉时，你要特别小心，因为费用非常昂

腿　13

贵。一般来说，如果你想在划艇或者摩托艇上体验观光路线，上船之前，你最好详细谨慎地了解一下费用情况。问一问是包船的价格，还是单名乘客的价格。游客和船夫经常会发生一些不愉快的争执，下船后，游客以为应该付某个价钱，而且觉得非常肯定，比如说十块，但船夫会向他们要四十块，因为十块是单人价格，很明显，他的妻子和两个孩子也乘船了，当他们发现要付四十块时，都觉得很意外。不管怎样，你们要记得乘坐"威尼斯水上运输公司"的公共交通工具——小汽船和轮船，只需花上一杯啤酒，或者一本杂志的钱，这些船就会把你带到任何地方。这些船穿过大运河，环绕整个城市，在朱代卡岛、圣乔治岛、圣克里蒙特岛、圣拉扎罗德易岛、丽都岛、以及圣米凯莱墓园都会停靠。不要忘了在泻湖上坐船逛逛：登上汽轮，向新河滨驶去，你会发现威尼斯的对面，以及各个角度的威尼斯；你可以看到穆拉诺岛，七个世纪前，由于玻璃厂引发了很多火灾，一些玻璃大师被流放到那儿；你还可以观赏浓妆艳抹、梦幻般的布拉诺岛，它就像七十年代的封面女郎；另外还有维尼诺雷岛、马佐尔博岛、托切罗岛、萨比欧尼区岛、圣弗朗西斯科·德瑟尔托岛、卡瓦利诺岛、耶索洛岛、佩莱斯特里纳岛、基奥贾岛和索托马里纳岛。

威尼斯的泻湖里，有各种各样的鱼、两栖动物和奇异的飞禽，泻湖承载了生物学的过去和将来。它既是一个服务站——迁徙中的鸟儿，凭着记忆可以找到这里，暂作休息——也是一个神奇的实验室，因为肆无忌惮的工业排放，导致了海藻基因突变，海藻像瘟疫般泛滥，在这里可以发现和研究这些海藻。

从前人们最常用的交通工具是船。八个世纪之前，威尼斯几乎没有桥，人们用的是可以移动的便桥。船的种类很多：托普、桑多罗、马斯卡勒特、绍泊尼、配阿特、普帕里尼、卡尔利尼和桑皮埃罗特（八种船的名字）。现如今，问题不是弄到一艘船——有的船要比汽车便宜，而是要找到一个长期的停泊位。威尼斯的停船位是私人的，是在市政登记处做了公证的，而且，在运河内，绝对不能停两排船！

威尼斯是一座英式城市，在大路上，许多房子都有一个独立的入口，即使门很小，也总是和邻居的门分开。那些破旧的房子也是如此，甚至很久之前，可追溯到五个世纪前的平民建筑，那时候的城市规划和政府投资都体现了惊人的现代理念。

现在，越来越多的人在威尼斯行走。运河边上的建筑物和房子都是正面朝水，大门可以停靠船只，后门是面对街道的。现在,我们走路的时候,看到的是威尼斯的背面:整个城市向我们背过身去,背朝我们,用臀部迎接我们。

从威尼斯的桥上,你也可以看出这一点:许多桥都是斜的,就像两边地面打滑,桥向两个截然不同的方向移开了。桥建得歪歪扭扭的:侧面是砖砌的,或者是铸铁做成的栏杆,耍杂技似的扭曲着。台阶像是熔岩,形成了奇形怪状的斜坡。这个特点,从一些桥的名字上也体现出来了:斜桥。这意味着,多数情况下,运河两岸的街道不是整齐规划,可以用一座桥来连接。这些街道仅仅是水上的出口,人们可以在那儿上下船,也可以在那儿上下货。换句话说,房子是最先建成的,然后按照当时的政策,在房子和房子之间修建了街道,最后修了桥:桥应该适应两边街道不规则的布局,所以没有办法修得很对称。

就像通常电视新闻里会讲到的一样,你可能会双脚泡在水里,游览威尼斯。高水位是坏天气带来的糟糕后果,再加上大风大浪,也会导致泻湖水位升高。尤其从十月到十二月,几年前的一个四月,我从一家小广场上的电影院里出来,发现那个广场完全被水淹没了。我背着一位女性朋友送她回家,冰水淹到了膝盖,我缓慢前进,就这样走了两个小时。这种行为,表面上看起来很骑士,但我付出的代价是持续三天的感冒和发烧。

威尼斯人把那种裤腿很短、不正式的裤子叫做"高水位裤",穿上这种裤子,脚踝会滑稽地露出来。这种裤子就像故意被剪短似的,不让裤脚泡在水里。高水位是这个世纪的灾难;泻湖的一部分已经在地平线以下了,为了不让油轮搁浅,运河被挖得更深,但这会让海浪来势迅猛,在几分钟内就把整个城市淹没。泻湖上那些海拔较低的海绵石岛屿,浅滩上密集的荆棘,被波涛侵蚀,已经不能充分抵御潮汐了。古老的威尼斯人改变了河道方向,为了防止泻湖的水注入得太满。威尼斯在起初被称为"高岸之城",高地上的城市。尽管近代的考古学家不赞同,但人们还是认为:这个城市是建立在稍稍高于水位的群岛上的。

威尼斯和海水的水位差不到一米,许多地区已经被水淹没了;如果水位差超过一点一米,城市就会进入紧急状态。1966年11月4日那个可怕的夜晚,大潮涌入威尼斯,我爸爸工作结束后,是游回家的。

二战期间,那些在空袭时会响起的报警器,还保留在钟楼顶端。现在警报器用来警示船只航行,发送海洋预警,当水位升高时:警报器就会在早上五六点把你叫醒。睡眼惺忪的居民在门口固定一些钢质隔板,他们将四面带防水胶的挡板插入门框里。建筑一层的窗户也是需要密封,因为窗户面对着涨水的运河。大部分时候,人们一筹莫展,水从下水道的盖子里涌出,从地板裂缝中喷出,腐蚀家具,浸湿墙壁,将粉刷工人的劳动成果化为泡影。商人们急急忙忙地发动水泵,把货架低处的商品搬到高处。我还记得,几年前,在一次特别大的洪流之后,商店门口都摆出了临时搭建的货摊,廉价出售那些被泡坏了的鞋子。清扫道路的工人天刚亮就出发了,他们到那些被淹没的街道上,搭建木制的便桥。高中生都穿着及膝的橡胶长靴,有的甚至穿着钓鱼用的靴子——可以将整条腿都包裹起来。他们帮助穿短靴出门的同学,背他们走过积水,他们背着班上某位轻盈可爱的女生,或者背着老师前行。老师双手环着他们的脖子,双腿紧紧地夹在他们的身体两侧,他们则抓住老师的膝盖下方:他们上演了三千年前,艾奈阿带着父亲安喀塞斯,从烈火中的特洛伊安全逃脱的一幕。如果有人出门穿错了鞋,那么他可以走进一家杂货店里,要两个塑料袋,将脚伸进去,并在脚踝处将袋子系紧。年轻人推着运送货物的小车来运送行人,穿过像游泳池一样宽的积水,避免他们踩水——报酬是一枚硬币。游客们玩疯了:他们拍照,把裤子像渔民一样卷起来,赤着脚游览,踩着水下看不见的狗屎。总是有那么一两个人,兴高采烈地走着，高兴地笑着，却一点儿也没意识到自己处境危险：他正在靠近被水淹没的地表边缘，脚下看不见的河岸快到尽头了，但他还是拖着水下的脚踝，继续走着，最后脚下踩空，掉入运河中。

几年前，我的一位检察官朋友陪着一位律师去法院。他们俩走在木头搭建的、连接得不是很好的便桥上，两块木板中间有一米宽的洞，走着走着，那位律师突然间就消失了：从水里冒出了一只外套的袖子，手腕上戴着金表，手上拿着皮质公文包，绝望地挥动着，我的检察官朋友一把抓住了公文包。最后在法院里，律师浑身湿透，为诉讼案件辩论，但他心满意足，翻阅着那些从水里救出来的文件。

心

在威尼斯，人们真的会比较容易发生恋情吗？神学家塔德乌什·祖拉乌斯基（Tadeusz Zulawskij）说："经过多次测试和生物化学分析，得到的结论是：在这个世界上，没有任何地方，比威尼斯更能刺激人的荷尔蒙的分泌。"心理分析学家艾塞克·亚伯拉罕维奇（Isaak Abrahamowitz）教授，从他的角度提出了反驳：

威尼斯让来这里参观的游客产生一种持续的、浪漫的兴奋状态。那种疯狂的欲望，会产生一种相反的效果，正好可以抑制性冲动。这个城市让人们保持一种持续的欲望，这是事实，但那种欲望很柔和，从来都不会出现波动，不会忽然增强或者减弱。在这种情况下，性冲动会分散到身体的每个细胞，会分散在四肢，会浸润你的灵魂深处。爱欲像一滴油，从性器官扩散开来，一直扩散到全身：这样一来，当然会扩大影响的范围，但会减弱强度。

1998年的世界健美冠军奥斯卡·科瑞可斯坦（Oscar Krickstein）在一次采访中说：

> 我的感觉很奇怪，就好像我的身体和威尼斯在做一种柔软的、爱的体操，从早到晚，一刻也不停，用一种不快不慢的节奏，从发梢到脚趾尖儿。真的，从我来到这里开始，我就在和威尼斯做爱！在我没有意识到的情况下，我在和这个城市发生性关系。夜晚来临的时候，我没有那种想破坏一切的冲动，真是难以置信！在世界上其他地方，每次踏进健身房，我都有破坏的冲动。但在这里，我很平静，威尼斯会让我平静下来。

女诗人科斯坦扎·菲内戈尼·瓦罗迪（Costanza Fenegoni Varotti）的诗歌表达得更直接：

> 今天夜里，我要呼喊着走出来，
> 我要流着口水，在街道上摸索前行。

我要用疯狂的吻吞噬你们——
剃着光头的青年，
裤子下已经慷慨膨胀。
在我的叹息桥上，
我要蹦蹦跳跳地前行，
我伸出舌头，尽情呻吟，
被渴望所渴望着：
我会让身体的每个毛孔张开，
让上千根猎狗的肌肉熠熠生辉，
在这狼人出没的月夜，
我要咬住你们那生猛、赤裸的头骨，
为了熄灭我最秘密的嘴唇，
爆发的饥渴，
我会抵达你们的身体，
就像抵达摆满彩色饮料的亭子。

这种美好的向往，结果如何呢？我们可以在这首诗的最后一段找到答案：

但是，我只能在这里想象你们

顶着残酷头颅的青年,

我会把假牙放在苦涩的酒杯边上:

"晚安,亲爱的,

陪伴我经历了一千次激战的同伴。"

我温柔地入睡,

哦,我生猛、赤裸的青年,

我想象着你们,

用身体吞噬你们,

并把你们写入诗行。

卡里·福莱特其(Cary Flatcher)是一位亚原子物理学家,在他的自传《我和女人》中的一章,他讲述了一件非常有意思的事情:

那种奇怪的、像癫痫病人一样的抽搐,就是我在一位漂亮姑娘身边的感觉,会产生一种可以测量到的电流,大概是1000—1500生物伏(biovolts)。这真是一个大麻烦,没有别的解决方法,姑且这样说吧——我只能马上连接到遇到的那个"插座"上。然而有一天,我被邀请到意大利参加一场研讨会,我第一次参观了威尼斯。威尼斯！恋人们的城市，新婚夫妇度蜜月的地方！那个让奥泰罗为爱疯狂的城市！这个城市会在我身上产生什么可怕的效果呢？我坦白说吧，我真的有点担心。我刚踏上威尼斯，让我惊异的是，这个城市让我产生了一种神秘的感觉：之前那种难以掌控的性冲动都平息下来了。威尼斯对我产生的这种出人预料的效果，我不想分析其中的原因。之后，我收拾好行李，马上出发了，回到了我喜爱的明尼阿波利斯市。

我还可以列举十几个这样的例子，都是比较权威的证据，但我在这里就不一一列举了。我们再一次回到刚才提出的问题，在威尼斯，人们真的容易恋爱吗？我们的心会跳得更快吗？我们应该带女朋友来这里进行告白吗？甜言蜜语和威尼斯结合起来，就能让一个姑娘晕头转向吗？毫无疑问，事实就是这样的。现在，让我简单地分析一下这个问题，然后我们马上回到正题。

恋爱中常用的把戏——四周都是迷人的风景，在一个非常诱人的背景下进行告白。这意味着什么？你想打动一个姑娘，你出现在一个非常漂亮的背景中，就好像你的身体周围有光环，你散发着一种神奇的光彩：就好像整个风景都变成了你的光环（你利用了同样的定律，穿着好衣服，因为衣服是你的第二层皮肤）。

"在这里，风景总是围绕着你。就好像所有风景都集中在一起，背景在浓缩，凝结成一个形象，那就是你。"诗人安德烈·赞早多（Andrea Zanzotto）说。这就是为什么，假如一切顺利的话，你会不由自主地想道：她是在吻我呢，还是在吻这片风景？现在，我们要从相反角度看这个问题，你这么做，冒的风险就是：在这样一个迷人的背景下，那些难看的形象会更加突兀、更加刺眼。因此，假如你觉得自己不是世界小姐，或者好莱坞先生，你最好在一个垃圾站告白，在有很多排水管哗哗作响的地方尝试初吻，在背对着一个臭烘烘的提炼厂时牵手：你会成为最美丽的一道风景，你的魅力无法抵御，你会像泥潭上的宝石一样灿烂。在马尔盖腊（Marghera）港征服你的女人吧。

但是，我还想给你们一些实际的建议。首先，我们先把这件事情说清楚：在威尼斯，人们是不是在露天做爱？在街道的拐角缠绵？在威尼斯，年轻恋人大部分都没有汽车，而且，就像你看到的那样，整个城市都禁止骑自行车。父母都在家，你能去哪里呢？每个青少年都有自己秘密的角落：一条偏僻的街道尽头，一个凹进去的地方，那些灰暗、寂静的小院子。我当然不能把那些地方指给你看,你可以自己去找(两人一起找更好),那样会更有趣一些。

当然,大家都知道,那些暗处的偷窥者如影随形。你要研究一下地形,四处看看:大门上是不是有很多门铃?路灯是不是很亮?头顶上面的窗子是不是都关着?在拐角处,有没有藏着什么东西?那是一个死角,还是一个人来人往的街道?那些通往运河的台阶下面,是不是经常有小船经过,船上可能会有大喇叭,他们会不会在最精彩的时刻,停下来开你的玩笑?会不会有贡多拉小船蜂拥而至,而且唱着小情歌?

你要选择一道没有门铃的大门,这些通常都是商场后门。你要利用那些路灯坏了的黑暗角落。你要考虑到:货船会在那些没人居住的、死气沉沉的运河上停泊。河岸上也不赖,你迈着轻盈的步子上岸,最后会在你所到之处留下痕迹:避孕套、揉成一团的纸巾,在旁边的房子上,有小刀刻的心形图案。在一个友好接待了你的地方,做出这样不礼貌的事情,真是不应该。有人会乘坐小汽艇,晚上去丽都岛,在春天,或者在秋天开始时——在人们开始下海游泳之前,或者在游泳季节过去之后。在海滩上可以搭帐篷,这些年,这也有一定的风险,因为有时候巡逻人员会拿着手电来海滩上查看。

你们可以在古老的市中心找一个藏身之处，完事之后，随时都可以很体面地出来，假装什么事情也没发生，匆匆忙忙，一刹那就混入了人群。假如你们非常想秀恩爱，你们不管不顾，渴望冒险爱情，那你们不需要我的建议，任何地方都阻止不了你们。

很显然，这些事情都是和威尼斯本地恋人相关的。从十五岁到二十岁，我也经历了这段偷偷摸摸的情感阶段，我要在街上和室外找藏身之所。我要给你们讲讲，发生在这个阶段的几个小故事：如果不是我的亲身经历，那就是别人讲给我听的，也可能是我看到的。

第一个故事：有一对小恋人，他们在一条街道的尽头，那条街道通往运河。他们当时是站着的，在一个凹进去的地方，那里有一道小矮门，两个人都衣冠不整。忽然间，有一对夫妇，他们带着一位差不多五岁的小女孩。那位先生手里拿着一张地图。他们看到眼前这一幕，并没有转身离去，他们好像没有意识到：自己搅扰了别人的好事儿，他们还是要问路。那对小情侣神态自如，他们紧紧地抱在一起——从胸膛到胯骨都紧紧地贴在一起，就好像没事人一样，男孩给迷路的一家人指路，女孩微笑着，时不时会补充几句，把路线说得更加清楚，让那对夫妇不要再走错了，再去打扰别的恋人。

第二个小故事：经过长途跋涉之后，男孩和女孩终于找到了一个大门，一个绝对僻静的地方。那里非常气派，也很舒服，他们坐在宽大的台阶上，交换了一些比较有趣的想法。他们吻来吻去，在接吻间隙，他们温情脉脉的眼睛，看到有摄像头对着自己：至少有五个摄像头，真是一组多媒体刑讯。那个地方应该是一家大公司的驻地，这时候公司的保安人员，他们应该对着整面墙的屏幕，从各个角度：从上面、侧面、正面、后面，全方位地欣赏着这对恋人激情四射的爱抚。

第三个故事：另外一对恋人，他们实在不知道应该去哪儿。严冬，晚上三点，在一个露天广场的长椅上，可以看到一个蠕动着的袋子，下面露出两条腿，都穿着衣服，能看到膝盖到脚，腿上面是一堆衣服。一件外套盖住了蜷缩在长椅上的女孩，她趴在男朋友的身上。他们在做爱：假如不是大家都睡觉了的话，他们是在众目睽睽之下做爱。

第四个故事：女孩和男孩在一扇紧闭的大门里，在一个阴暗的院子里，站着做爱。那个女孩的腰靠着大门，男孩非常温柔，但又灵巧地冲击着她，像遇到阻力的机械运动，一种姿势很不舒服的交配。最后，男孩没瞄准，向前滑去，碰到了一把带棱角的、结实的门锁。疼死了！他小声抱怨了一句，下面肿起来了，但这一次不是激情让他肿胀起来的，是疼痛，尖上出现了淤青。在距离他们一米的地方，百叶窗在吱吱作响，从一楼的一扇窗户里，伸出来一只神秘的手，在阳台上放了一卷绷带，还有一管治疗淤青的软膏，放好东西后，那只护士的手又慎重地缩了回去。

第五个故事：有一个女孩回家很晚，她无意中看了一眼院子，她想，那不是她认识的一个男孩吗？是的，就是他，在天井里，他站在院子中间。在男孩前面，有另一个人跪着，在爱抚他。男孩认出了那位从他面前经过的朋友，但并没有打断正在他胯部忙碌的女朋友。他抬起手，打了个招呼，凌乱地微笑了一下，发出愉悦的一声"哎"。

让我们完美地结束这一段吧。我们回到公爵府的那排柱子上，从角上的那根柱子说起，但这一次是广场的另一边，对着马尔恰纳图书馆那边，第七根柱子。你抬起头，看看柱子顶部，那里就像一本漫画书，或者无声动画片一样，写着一个让人伤心欲绝的爱情故事。这是一个八角形，可以逆时针阅读的故事：第一个情景刻在正面。

第一面：一位年轻男人在街上走，一位长发女人站在窗前。

第二面：他们定下了第一次约会的时间，那对年轻的男人和女人在愉快地交谈。

第三面：女人轻轻地抚摸了男人的额头。

第四面：他们接吻了。

第五面：他们做爱了。

第六面：孩子出生了，爸爸和妈妈都爱抚襁褓中的婴儿。

第七面：孩子长大了。

第八面：孩子死了，父母为躺在墓地里的婴儿哭泣。

在这个让人伤心的故事里，我想让你们注意到三点。第一点，在中世纪，在恋爱问题上，是姑娘们伸出手，采取主动。第二点，在中世纪，人们是可以不结婚就上床的。第三点，一切都是直立进行的，那些人都是立着的，他们的姿势都是站着的，他们都穿着直挺挺的衣服或者袍子。但是，除了第五面的图像：在翻起波浪的被子下面，恋人靠在一个类似菱形的物体上——那是一张放得歪歪斜斜的床，床垫是菱形，好像是激情让床在房间里移动，让四个床脚在地板上挪动。总之，爱情是个八面体：按照美学原则，这打破了哥特式雕塑的僵死布局。

手

在威尼斯，你会不由自主地想触碰她，用手指掠过她，抚摸她，轻轻拍她，捏她，触摸她，你把手放在威尼斯身上。

你靠着桥上的栏杆。里亚尔托桥上的栏杆柱，被几百万只手磨得发亮。这意味着：你也正在带走一些石头分子，那些分子会粘在你的手指肚上，留在你指纹的缝隙里。

你把手放在运河两边低矮的金属栏杆上，顺着栏杆一直滑下去。

你张开双臂，可以摸到街道两边的墙壁，从一头走到另一头。在那些比较窄的地方，你甚至都打不开胳膊肘，这些街道好像是专门按照你肩膀的宽度修建的，你几乎要侧身经过。我告诉你，在圣保罗广场后面有这样一条街道：它的名字就叫窄街，宽六十五厘米。

你用手抠那些掉渣的泥灰，那些被海风腐蚀的、满是缝隙的砖头。组织寻宝活动的人,会把写着谜语的纸条放在这些地方,通过谜语,你要猜到下一个地方;毒贩子有时候会把装着毒品的小袋子藏在这里。

你抬起一只手臂,可以摸到拱廊的顶部。在多尔索杜罗区,从维南特桥(Vinante)下来,可以很轻易地摸到拱廊的顶棚。在顶棚的泥灰上,沾着无数嚼过的、各种颜色、各种口味的口香糖,桥上的口香糖,在"口香糖"桥上:那些老得已经石化的香草味口香糖变成了发黄的烟草色,旁边是荧光粉的草莓味口香糖,还有翠绿色的薄荷味口香糖,就像一幅由硬橡胶拼成的马赛克。1993年夏天,我第一次尝试着数了一下,那里有897块嚼过的口香糖,四年之后再数就变成了3128块。这个巨大的、抽象的、手工制作的镶嵌艺术,或者说得更准确一点——这个由镶嵌师下颌咀嚼、集体创作的作品,本应该受到景点管理人员的限制。

你在小喷泉的水里洗手,把喷水孔堵住,让喷泉嘴中间的小孔喷出三米高的水柱。

你抚摸粘人的猫。

你想试一试连着汽艇的绳索的强度,那些绳索被拉紧时,会吱扭作响。汽艇拴在码头上,汽艇上的船员会示意你离远一点,因为绳子可能会割破你的手指:他自己戴着一双巨大的皮手套在进行操作。

你抚摸着汽艇旁边奇怪的金属蘑菇，那是系缆绳的柱子，在赛特·马提里（Sette Matiri）港口，在圣马可船坞，有一些和这种金属蘑菇相似的东西，但是要大得多。在码头区，也有一些竖立的、高高的圆柱体，那是用来系大吨位船只的。你会充满好奇地抬起脚下沉重的金属环，那些铁环镶在用石子儿铺成的地面上，也是用来系船的。

坐完贡多拉之后，你抓着船夫的前臂上岸，为了保险起见，你也会抓着楔在水里的木桩，也就是"系缆桩"。

你用手指触摸贡多拉的船桨架，那是竖立在船尾的划桨架。说到这里，其实未来主义画家翁贝托·薄邱尼（Umberto Boccioni）也没什么创意：他的《空间中连续性的唯一形体》是一个正在运动中的身体雕塑，但看起来，像是一个船桨架装置：一个行走的男人，在空间中展开肌肉，就像用投影仪，让前面的步子和后面的步子重合了，图像停留在视网膜上。那个雕塑说明，固定的船桨架其实也是动态的：从静止的角度来体现动态，把动态凝固起来。世界上所有的雕塑都需要通过这种方式来检验一下：都要放在贡多拉的船尾，放在船桨架的位置，试着把船桨放在雕塑上，可以全方位地欣赏那件艺术品。

船桨架是一个与时代脱节的物件，并不是因为它已经被超越，相反，这件未来主义艺术品是过去设计的。这个非常现代的构造好像是二十世纪一名芬兰设计师勾勒出来的，他坐上"时光机"，几个世纪前，就在贡多拉上插入这样一个架子。当代建筑师阿尔瓦尔·阿尔托（Alvar Aalto）风格的这一构造，到底是什么时候开始产生的？十六世纪吗？

　　现在，你看看这个支架是怎么碰触船桨的：用它的耳柄、拐弯，还有开着口的铁环，船桨架可以通过十几个支点、分叉和角度来使用。贡多拉上只有一名船夫，只有一个船桨，从一侧划船，在世界上任何一个地方，这样划船的话，船只能滑稽地原地打转。在贡多拉上，因为重心不对称的缘故，船会直行开走，会倒退、靠岸、远离、放慢，最后停下，可以斜着走，可以直角转弯，保持平衡，减低海浪冲击。船桨好像在舀水、拍水、击水、挖水、断水、揉水、拌水，像一个长柄汤勺一样搅水，像一条猪腿一样踩水。船桨歪歪斜斜地探进水里，几乎是贴着水面来回划动，但假如需要的话，它会竖直伸进水里去，在几立方厘米的空间里活动，用手腕转动、放开，就像在使用一把螺丝刀，移动这个十二米长、黑色木头制成的大家伙，从容自在地穿行在船来船往的运河里,就是那么潇洒。

你去贡多拉的主要停靠站看看,那是在圣马可广场旁边的奥尔塞奥洛(Orseolo)船坞,看看那些要出发的贡多拉。十几艘贡多拉挤在一起,威尼斯船夫会一边海阔天空地聊天,一边把船划走,船与船之间只有几毫米的距离,他们不会让船碰上。船夫们相互打招呼,相互召唤。他们根本就不留意那些很低的桥,桥都快碰到他们的鼻子了:在最后一刻,他们看都不看一眼,歪歪脖子就通过了,他们划过拱桥的内侧,像是在砖头地面上溜冰。

船夫在划船时,一条腿放在前面,另一条腿在后面。后面的脚放在一个抬起来的、非常小的脚踏上,那是一个锲子:力量是以脚后跟为轴心的,重心会转移到脚掌和脚趾上,身体前倾,整个身体都在使劲儿。你看看停下来时的船夫们,他们的身体姿态有点儿像直立猿人:双臂在前面晃荡,肩膀滚圆,脖子、肩胛骨、锁骨都很大,从右手到左手,被一块U形的肌肉包裹。

现在,你出现在井圈那里,你张开双臂,想环抱住井圈,井口上盖着铜质的盖子。假如你是一名鼓手,你可以去圣西尔维斯特(San Silvestro)广场敲敲那里的井盖,回音像音乐铁桶——金属鼓。每一块井盖的音色都不一样,这里音低一点,那里哑一点,这里清晰一点,那里弱一点。十二岁以下的鼓手,每年十一月十一日圣马尔蒂诺那天会在街道上转悠。他们会按门铃,会走进商店,他们会用木汤勺一直敲打着锅底,直到得到一些甜点或者钱币,才会离开。他们会按照狙击手之歌的调子,唱一首儿歌:

圣马尔蒂诺上阁楼,
去找他的未婚妻,
他的未婚妻不在,
圣马尔蒂诺一屁股坐在地上。

这首儿歌想告诉我们什么呢?是不是想告诉我们,圣人也有非常丰富的感情生活。永恒的女性引领我们上升,一直到阁楼上,因为爱神被天空围绕,没有女朋友的人注定落入和大地母亲违反伦理的关系中。孩子们唱出这些歌曲是很自然的事情,小爱神、爱神,只有他们才知道性的秘密:就像每个人都知道,但又很难承认的事情一样,他们所歌唱的就是性,就是爱神。有一次,我遇到了一支乐队,那是我的朋友组建的,他们都二十五岁了,还敲着锅底,唱着圣马尔蒂诺之歌。他们都是待业青年,想借此筹到一点点钱。

你闭上双眼,用手抚摸那些雕塑、浮雕、雕刻的线条,还有刻在一人高的石碑上的字母。

威尼斯是一个连续不断的盲文卷轴。

面　孔

　　威尼斯的面孔就是面具，面具在拉丁语里，是"人"的意思。人类学家研究了狂欢节，他们会告诉你，在主显节和四旬斋期间，世界会倒转过来：儿子不尊敬父亲，人们可以变装，开国王的玩笑。所有这一切，都是为了重新确认世界的秩序，违反法律就是为了颂扬法律。在一个特定的节日里，违反一次社会秩序，就意味着在其他时间里承认君王的统治。

　　在威尼斯，人们在外面行走时，都要戴着自己的面孔，也就是说，戴着要展示给别人的那张面孔。这个城市不存在隐私，因为人们会不停地相遇，一天打七次招呼，在距离很远的地方，他们也会抬高嗓门交谈，在人流中大声说话。街对面的窗子，只有一米之遥，很难偷偷摸摸地做些什么，或者过一种双重人生，隐瞒自己来往的人，搞阴谋或者私通。

　　假如你生活在这里，你会想着随便散个步，把自己的身份留在家里，出去走走，张扬一下你的个性。你会抛开思虑，忘记自己。你出去之后，只是四处看看。你想成为眼前的风景，让眼前的风景替你操心，向你展示迷人的场景、声音和气息。你只想成为你注意到的东西，你想沉浸在景色里，但是马上就会有人向你打招呼，他们会叫你的名字，让你变回你自己，让你想起自己是谁。

亨利·詹姆斯写道：威尼斯整个城市就像是在室内，像一栋有很多走廊和客厅的房子：人们总是在房子内部行走，从来都不会真正待在外面，街上也不像室外和露天的地方。表面上来说（就好像说：就戴面具的事情而言），威尼斯人对面具的热爱产生于这种隐藏和保护自己身份的需求，因为这个城市的公众生活，让你不得不把本性袒露出来，把灵魂写在脸上。你会成为一名剧中的人物，有点漫画的感觉，你是一个风格化的人物。

威尼斯假面喜剧的人物：阿莱基诺（Arlecchino）、潘塔洛尼（Pantalone）和科隆碧娜（Colombina）都是街上常见的人物，是威尼斯人从自我中提炼出来的，就好像他们一直忙于做一个文身，从头到脚都表现自己的外貌特征。他们生活在身体的表面，他们会清楚地向你展示自己所有的意图，他们会向你表明自己的目标，他们不会掩藏自己深层的意图。他们总是毫无保留地行动，他们的反应都很夸张：胃口好得像饿死鬼托生（阿莱基诺），贪婪爱财（潘塔洛尼），爱情就是甜美的矫揉造作（科隆碧娜）。在他们的动机和行动之间，没有任何过滤。他们的行为很滑稽，让人发笑，好像很肤浅，但他们一点儿也不肤浅：他们投入地扮演了自己的内心，他们无法隐藏自己的灵魂，他们会把灵魂表现出来，一直生活在表层。他们每个人都代表了一系列手势、表达和争吵方式，还有和别人建立关系的方式。他们的面具不是一种双重面孔，不是另一个身份，或者是一个虚伪的扮演：而是脸皮增厚而慢慢形成的，是面由心生。他们不停地扮演着自己的公众角色，他们的脸皮会像皮革一样结实。当灵魂写在脸上，死死地固定在皮肤上，时时刻刻都在表达自己，在这种情况下，灵魂会发生什么事情？假面戏剧和哥尔多尼的喜剧都不是虚假的，都是生活在表面的悲剧。

在狂欢节期间，威尼斯人使用的传统面具中，我想提醒你们留意一张面孔。那是一张女性的面具——莫雷塔（Moreta），看起来有点儿阴险，是一张黑色瓜子脸，只有眼睛的位置有两个孔。这种面具不用带子就可以戴在脸上，戴面具的人需要咬住面具内部一个圆头——通过这种方式，戴着这张面具的女人不得不保持沉默。

还有一个非常小的面具，也是女性的面具，是一颗黑色的痣，称之为"小苍蝇"（Moscheta），这个面具不是用来掩盖人们本来面目的，而是用来突出面部的一个部位，或者是戴在袒露的胸部，就好像皮肤被烧伤了一样，成了黑色，这样可以使饱含欲望的目光变得更加火热。

威尼斯有很多家面具店，有各种价位、各种质量的面具。那种用纸浆做成的面具最昂贵，因为这种面具需要时间和手艺才能完成，也是唯一一种传统面具。假如你无意中买到了另外一些材质的面具：强化纸板、陶瓷、搪瓷——是的，他们也用搪瓷制作面具！你要知道，有些面具非常易碎，不能反复使用，只能挂在墙上。

世界上，狂欢节的首都在哪里？在巴西的里约，在维亚雷焦（Viareggio），还是在威尼斯？泻湖的周四和封斋前的周二，是不能错过的节日吗？请你放宽心，不要总是觉得错过了时机。我现在告诉你，应该去哪里，才能看到最精彩的狂欢节。在你的城市，你从家里出来，任何时间都行。节日就在那里！每时每刻都有狂欢的游行队伍填满街道：你们仔细观看那些由金属、车灯和橡胶做成的道具，车身会把人的整个身体掩盖起来，不仅仅是脸，整个身体都被包裹起来了，车子取代了你的外貌。狂欢节的精神根植于城市人的内心,每个人都有可以展示的道具——汽车,还有车上播放的狂欢曲。每个人都疯狂地按喇叭、踩油门,都参与了狂欢。我们都会像喝醉的酒徒那样说话,和邻近车道上的人对骂,会诅咒别人和他们的母亲,会一起咒骂那个戴着白手套、吹着哨子的交警,人们会违章行驶,会违法乱纪,世界好像翻转过来了。在威尼斯,狂欢节不算什么,只持续一两个星期而已,而整个世界的化装舞会,从一月一日开始,到十二月三十一日才结束。

在威尼斯,你看不到任何汽车的影子,穷人、富人都是步行,他们不存在通过汽车来炫富的问题。威尼斯的街道是民主的吗?或者说,这些街道掩盖了社会阶级差别?这都是真的,你要是来这里的话,不用租一辆加长轿车,任何时候,你都可以表现得像个阔佬。在这里,蒙骗和诱惑要容易一些。蒙骗和诱惑,这两个动词的意思差不多。威尼斯是手头拮据的花花公子的理想城市。

耳　朵

　　你应该习惯于寂静和喧嚣的忽然转换。你从一个安静的院子里，忽然来到大运河上，运河上熙熙攘攘，全是船只，有运货船，有单只的贡多拉，也有一队队唱着小夜曲的贡多拉，船上有人拉手风琴，游客在用手打拍子，还有胖乎乎的男中音在放声歌唱，声音被回音美化，变得丰盈。那些贡多拉船夫都有一个自带的喇叭——他们的舌头，在贡多拉划过来时，是没有声息的，但在拐弯的地方，他们会喊一声，提醒过来的船注意："奥呃，欧普！"船尾划桨的地方叫"泡普"（Pope），听起来和东正教神父的称呼一样。在运河的两边，设置了一些防止相撞的凸镜，还有针对摩托艇的限速路标，就好像是另一个机车时代：在大运河上，最高时速是每小时五公里，在朱代卡运河上，最高时速是每小时十一公里，在圣马可船坞是每小时二十公里。警察、税官、救护船，还有丧葬用船，都是那种轰鸣的摩托艇。假如你很好奇，想看看救火的红色快艇，艇上设有喷水管，你可以去卡福斯卡里看，那些救火艇就停在消防队中心的拱廊下面。

远去的船会发出震耳欲聋的汽笛声，回荡在海港上空。

晚上，野猫的勾当会把你吵醒，它们会面对面咆哮，进行决斗，它们在发情的季节会喵喵狂叫。猫会悄无声息地溜走，狗会大发雷霆地狂吠，老鼠在偷偷活动。夜里快到一点的时候，耗子会来到街道上，把放在室外的垃圾袋咬开，找吃的东西，它们会跳到运河里，游过运河，来到堆放垃圾的地方。本地耗子 Pantegana 的名字来源于 Mus Ponticus，这是一种黑海上的老鼠。这些来自东方的耗子，在中世纪的时候坐船来到这里，把黑死病从黑海那边带了过来，当时船上装满了货物，耗子就藏身其中，它们身上的虱子会传播黑死病。朱代卡的雷登特教堂，以及圣母健康教堂，都是为了纪念战胜黑死病，纪念瘟疫的平息。

你带上十九世纪诗人帕斯科里（Giovanni Pascoli）的诗集，可以当场证实一下诗人对鸟语的描写。那些只学会了发单音节"呜"的斑鸠，它们相互打招呼，呼唤彼此的名字，它们的名字都叫"嘟儿嘟噜"。乌鸫、楼燕、紫翅椋鸟、夜莺，还有其他很多叽叽咕咕、叫不上名字的鸟儿，有埙状的鸟巢，有落在枝头上、羽毛鲜艳的鸟儿，它们是短笛手，是长着腿的裁判哨子。

鸽子起飞时，像有点毛病的马达，它们旋转着起飞，有点挂不上挡的感觉。你在露天的地方喝开胃酒时，那些小麻雀会悄无声息地从你的盘子里偷薯条。

夏天的时候，知了像小型电锯一样，不停地叫唤。它们都是带着监测器的间谍，会给人们指出藏在房子中间的花园，秘密的谍报机构把它们像微型电子设备一样，从直升机上抛洒下来。

海鸥在圣玛格丽塔市场的小摊子上，一边旋转飞翔，一边大叫，那些卖鱼的人会向蓝色的天空中抛几条鱼：小沙丁鱼，还有蓝鱼，海鸥会在空中把这些小鱼吞下。它们会在摩托艇旁边，一直跟着你，在距离你的手一米的地方，它们和船的速度保持一致，好像一动不动，等着你给它们扔点什么吃的。

在泻湖的水里，有一些看不见的路，就是可以通船的运河，船道的水要深一点：用两排木桩标了出来，避免经过的船只触底。海鸥在这些木桩上休息，每只海鸥占一个面积为一百平方厘米的单间，它们在运河边的木桩上午休，然后会一起醒来，它们和那些退休老人、老太婆约好了，在码头区见面，它们会把运河两岸的干面包片、面包屑打扫干净。

在运河的水面上，能看到螃蟹在冒泡，沉寂的水面会颤抖一下，那是狼鲈的尾巴打破了平静，或者是鲻鱼在游动。

你选择一个能代表你个性的叫声，一个能代表你家族的声音。威尼斯是一个图腾崇拜的城市，这里居住着成千上万的活图腾：它们有血有肉，有毛皮、鳍、羽毛，它们都是一些寓言中的动物，是比长着翅膀的狮子更具想象力的活物。

在里亚尔托桥上，你从市场那边下去，走路的时候闭上眼睛：你要倾听说着各种语言的游客，整个世界都汇集在这条五十米长的街道上。

有一位捷克作家说：对于他来说，美好的一天是刮风下雨的一天。你能听到树木的声音，它们在风中窸窣作响，还有密集的雨点。雨落在城市上的声音能让人猜出城市的形状：这里有一栋极高的楼，那里有一把酒吧的太阳伞。

在威尼斯，同样的云会带来倾盆大雨，落在广场上，但是落在小窄巷子里的雨水会很少：雨滴会忽然变小，或者说像屋檐在哭泣，运河里布满了小水圈，就像有一亿个渔夫同时把鱼线抛在水里。训练一下自己的耳朵，你会听到毛毛细雨，你可以听到最轻盈的云彩，你会听到贴着地面的水滴，你会听到雾。

夜晚来临时，你在威尼斯的街道上行走的脚步声，是你寂寞的句读。

你的一天会被钟声切割成半个和一个小时的时间段。半夜，圣马可钟楼的工人钟——时钟之母会敲响：它要求大家安静。

嘴

早上,你去码头区吃早餐,那是城市的南岸,或者去对面朱代卡的岸上,在运河的另一边。

下午,你再去码头区,一边晒太阳,一边吃巧克力冰激凌。都灵软巧克力糖冰激凌,听起来像是都灵的特产,但只有在威尼斯才可以吃到:那是一种巧克力糖口味的冰激凌球,放在一个盛满鲜奶油的杯子里。

但是,威尼斯的真正味道不是甜点,假如你想品尝本地菜,你要找一家"巴卡洛"(bacaro)——一种本地饭馆。现在,城里的巴卡洛越来越少了,这种餐馆最集中的地方是里亚尔托市场附近的街道。我不会告诉你这些馆子叫什么名字,因为我已经决定,在这本书里,我不会提到任何宾馆、酒吧、餐馆或者商店的名字。一方面是为了公正,另外一方面是因为我们威尼斯人不喜欢让别人知道自己的秘密,我们很注意,不会告诉别人那些游客还没有发现的少数几个馆子。你们就当成一个挑战吧，就像寻宝游戏。

假如你要品尝威尼斯的味道，你应该学会说几句威尼斯话，咂摸一下本地方言。有一句威尼斯话，你已经开始用了，而且每天用好多次，那就是：ciao（音：乔，意思是"你好"），那是 s'ciavo（为您效力）的缩写。顺便说一下，标准意大利语中，在两个辅音 s 和 c 相遇的时候，中间需要加一个省音符号，比如说 s'ciavo。不仅仅是你会遇到困难，我在遇到这种情况时，也会踌躇一下，比如说在读 scentrato（非中心）和 scervellato（没脑子）这两个词时，我都在想，是不是应该像 scellerato（罪恶的）或者 sceriffo（酋长）两个词一样把 sc 放在一起发音。还有一个词是威尼斯方言，但已经流传到世界各地，那就是 ghetto（犹太人居住区），这个词是从 getto（浇铸）演变而来的，因为在五个世纪之前，在岛上，划分给犹太人居住的区域有一个铸造厂。因为空间很小，犹太人只能在高度上做文章，威尼斯犹太人居住的房子在砍纳雷乔区已经修到八九层了，算得上那个时代的摩天大楼。

你要假装自己是威尼斯人，或者假装自己是从威尼托大区大陆来的，因为我要教给你的那句话，你肯定不能说得非常地道。当你走到里亚尔托的时候，在桥的这边或那边，你可以问一下周围的人:"capo, ghe xe un bacaro qua vissin?"(先生,这附近有没有巴卡洛馆子?)你一定要记住我的话:xe 里面的 e 是一个闭口音;至于那个臭名昭著的 x,那是一种传统的拼写,但容易引起误会,发音其实就是北方话里一个轻柔的 s(是一个牙齿-齿龈塞擦浊辅音),说得简单一点,就是 rosa(玫瑰)里 s 的发音。你说了这句话之后,那些路人会用有点迷惑的眼光看着你,然后会马上识破你:他会琢磨你怪异的口音,会想你是不是在罗格、贝卢诺,或者维罗纳城住过。

巴卡洛餐馆的橱窗里,一般会放着半个煮鸡蛋、卷成一卷的欧洲鳀鱼、丸子、鼠尾草炖肉、肉筋、油炸沙丁鱼、螃蟹、八爪鱼、牛奶鳕鱼油奶油、洋葱、牛肉香肠、鹿肉火腿、猪牛肉混合香肠、拌好调料的水牛鲜奶酪、切成六面体的绿毛奶酪。当然,旁边会配一杯红酒。以前,伙计会直接从柜台后面的酒桶里打酒。

威尼斯人说酒的时候,会用"阴影"(ombra)这个词,不知道这个术语是从哪里来的。但是这很正常,顾名思义,这个词在"暗处",就应该不为人所知。很正常,"阴影"可能是用来描述葡萄酒的透明度,但更有可能是指夏天的露天酒肆,在钟楼的影子里,可以一边乘凉,一边喝一杯冰葡萄酒。"我们去乘凉吧。"就像是在使眼色，暗含的意思是："我们去喝一杯。"

巴卡洛餐馆里的这些吃的都是丰富的开胃小菜，你吃吃看吧！这些开胃小菜很快就会替代正餐，你站在柜台前面，一口美酒会让你陶醉，一口美味会勾起你的胃口，让你尝遍所有美味。

现在，你已经找不到老式的炸鱼店了：那些炸鱼店在街道上散发出阵阵香气，让人无法抗拒，他们卖的是油炸蓝鱼、鳗鱼、沙丁鱼、鲲鱼、小墨鱼、乌贼等等，油会渗到吸油纸上。炸鱼店老板会在一个大砧板上切白色或者黄色的玉米面块：这就是一顿加餐，下午看完一场电影，或者看完球赛之后的高胆固醇小吃。喜欢吃甜食的嘴巴会选择一个栗子糕，还有烤梨子，这些在街上也可以买到。

快到晚饭时间了。你可以在酒吧来一杯开胃酒，让伙计给你弄一杯爽口的气泡鸡尾酒 Spriz，成分是：水（但在威尼斯，最地道的 Spriz 要用赛尔特斯矿泉水）、白葡萄酒，也可以加苦涩的金巴利酒、阿贝罗和精选酒，放一片柠檬，或者一颗橄榄。Spriz 鸡尾酒是奥地利占领期间的遗留物，在的里雅斯特大区，你去的每一家酒吧都会用不同的方法调制这道鸡尾酒，几乎是随着方言和口音的变化在变化。这种开胃酒非常利口，不会伤人，喝起来好像很淡，但你空腹喝时，其实也很容易醉。

你要不要来点儿快餐呢？好吧，威尼斯的快餐现在越来越多了，但我会给你推荐三道菜，可能你会在不同的情况下品尝到，因为这些菜口味有点儿重，可能会强烈地刺激到你们的味觉，小洋葱含量很高：让你的爱人退避三舍，可以防止你被偷吻。

第一道菜：通心粉拌沙丁鱼（Bigoli in salsa），bigoli 是一种通心粉，酱料是油煎洋葱和腌沙丁鱼。

我们谈谈题外话，说说发音的问题。既然我已经告诉你们这些地方菜的名字，现在，我要仔细讲讲这些词的发音。bigolo 是单数，但是那个 l 的发音基本听不到，舌尖还是放在下面，根本不用抬起来，放在上齿的根部，这和通常的 l 发音不一样。另外一个需要注意的问题就是：舌根部分要拱起，要加一个非常飘渺的 e 进去，大概就是：bigoeo，因为需要把两个连在一起的 o 分隔开来。但是在念复数 bigoli 的时候，情况不一样，因为两个元音不一样，在拼写时要写上 l，但是 l 不发音，所以读起来就是：bigoi。在前面几章我们提到的词，读起来规律也一样：forcola（船桨架），读作 forcoea，复数是 forcole，读作 forcoe；bricola（系缆桩），读作 bricoea，复数读作 bricoe。

第二道菜：腌沙丁鱼（Sarde in saor），用炒过洋葱的油，加上葡萄酒和醋，把沙丁鱼腌一整天，也就是说，让沙丁鱼入味。这道菜是凉菜，是救赎节的主打菜，救赎节在每年七月的第三个星期天举行。一般情况下，威尼斯人坐在船上，荡漾在圣马可的船坞里吃这道菜，或者从家里把桌子搬出来，在放烟花之前吃。冬天的时候要增加卡路里，可以在配料里加上葡萄干和松子儿。

第三道菜：威尼斯炒牛肝（figa alla venessiana），用不可或缺的油爆洋葱，放入牛肝炒制的，不能太嫩也不能太老。有的厨子会在锅里加一杯普通红葡萄酒，或者马萨拉蒂酒。

夜里晚些时候，你可以在圣玛格丽塔广场喝酒，那里会有很多人陪着你喝，那是威尼斯夜生活的中心地段。冬天夜生活的核心地带是砍纳雷乔区，在慈悲教堂旁边的广场上。

鼻　子

　　每条运河都有自己的个性。有些运河性格豪爽，马上会用它经年积累的臭气把你淹没。最让人讨厌的是姆内戈特（Muneghete）运河，那是圣十字和圣保罗两个城区的分界，在雷美蒂奥（Remedio）桥和司徒阿（Stua）廊柱之间，斯坦普利亚基金会后面的运河拐弯处实在是臭气熏天。其他运河的性格会内向一些、虚伪一些：只有在出现干旱、水位最低的时候，它们才会露出脏臭的本性，沿着管道追溯恶臭的源头，就会发现，臭味来自于一楼的马桶，还有洗脸池的下水道。这些年，威尼斯政府一直在清理运河，要把黑乎乎的淤泥清理走。1997 年的威尼斯双年展，美国艺术家马克·迪翁（Mark Dion）把十几立方的泻湖泥浆里面的东西全筛了出来。他陈列出一百多片瓷器碎片、进水的灯泡、没有纸条的漂流瓶、被水泡过的布娃娃、水陆两用轮胎，还有洗衣机和热水器。

我们祖父那个时代的人，可以很安心地在圣马可海湾里游泳。有人估计，那时候，海湾里的水也没那么干净：也许当时的卫生标准不一样。小时候，我在海滩上度过一天之后，坐汽艇从丽都岛回来，看到住在卡斯泰罗区的孩子在跳水，头朝下，从宽阔一点的系缆桩上跳下去。假如我出生于两个世纪前，晚上，我可能会看到拜伦公爵在大运河里游泳。元月一号早上，六十多岁的勇猛冬泳者会对着摄像头打冷战，会让元旦期间沉闷的电视新闻振奋起来。

很多房子直接把洗脸池和澡盆的脏水排到运河里，除了脏水，可能还有其他东西。威尼斯有句老话说得很切贴——不，我先不告诉你原话，我要把这句话翻译过来，先告诉你这句话的含义。这句谚语的意思基本是这样：有些年代，即使是一无所长的人，也会做出成就；反过来也一样，有些人在某方面有过人之处，最后并不一定能做出成就。这句话是这么说的：夏天的时候，屎也能漂起来。这句名言是从哪儿来的呢？可能是某个七月的午后，某位不知名的威尼斯哲学家出现在某条运河的河岸上，他注视着水面上竞相漂过的大便，注视了很久，可能用五分钟的时间得出了那个结论。他不像有些中国哲学家一样坐在某条河岸上，等上好几年，等着敌人的尸体漂下来！

还有一句美学方面的格言是这么说的：如果你想开怀大笑，就要谈论大便。这真是关于喜剧的伟大洞见，这是亚里士多德《诗学》的第二部分——专门谈论喜剧的那部分，也没能给我们揭示的东西。然而，我要对这句谚语提出质疑：并不是说任何时候谈论大便都会让人发笑。我现在给你讲一个小故事，故事里的大便不会激起人们粗俗的哄笑，而是会让人感到一种温情和爱。我意识到，要把这个故事讲好是一件很艰难的事情。我需要求助于"便便缪斯"来获取灵感，假如存在这位神灵的话，我要祈求一位主管拉肚子的天神。是的，我觉得这位天神是存在的，他就是尼科洛·托马斯——他的雕像蜷缩在圣斯特凡诺广场的中央，他的屁股靠在一摞摞书上，在大衣的下摆处，铸着一大串律法和其他书籍，威尼斯人把这个雕像叫做"便书"。

让我出口成章吧！啊，尼科洛！给我灵感：让我不要冒犯人们的鼻孔或者眼珠，让我不要冒犯那些纸张，或者卫生纸。

我要开始讲我的故事了。

从八十年代开始，威尼斯出现了一些东欧旅游团。那些游客衣着很得体，男人们穿着衬衣，还有涤纶面料的马甲，脚上穿着便鞋；女人们都化了妆，她们眼影颜色很浅——我们只有在薯片的赠品里才能看到这种颜色的眼影。他们成群结队，从早到晚，在威尼斯的街道上走动。他们都很有礼貌，不吵不闹，几乎有点儿呆板。他们从布达佩斯，或者从布拉格出发，整个晚上都在旅行，他们想在十二个小时之内看到尽可能多的东西。你可以在公爵府旁边，圣马可的狮子雕像那里看到他们。他们有时候会坐在岸边，把脚泡在海湾散发着臭气的海水里，他们滚烫的脚后跟接触到碧绿的海水之后，会冒出咸湿的热气：他们即兴放松，用海水泡脚。这种行为，不能说是洗脚，可以算得上是对海湾海水的净化，他们通过大拇指，可以带走泻湖里一定数量的病菌。晚上，他们精疲力竭地出发，他们会登上停在特隆凯托岛上罗马广场的大轿车，那是泻湖桥边的长途汽车站。

下面我要讲的事情就是我当时看到的。

事情发生在大清早，通往圣托马的木桥上，那是大运河上一个停泊汽艇的码头。六月的阳光下，我发现，售票厅旁边有一个金发姑娘落在了队伍后面，她蜷缩在一个没有遮掩的角落。她的目光充满了祈求，脸上表情很尴尬，她用两只手捂着肚子。在她旁边有一位五十多岁的女人，正在用身体给她挡风，她也许是那个女孩的妈妈：她从一个垃圾桶里找了一张报纸，展开来放在地上。我们都马上明白了，在那个女孩蹲下来之前，我们都把头转向了另一边。

故事到此为止。

我不再说别的了：因为最好就此打住，因为我也转过头去了。我想讲的就是这个细节：是那几百双禁止自己窥视的目光。我们可以把这称为冷漠的反论：假装什么事情也没有发生，其实意味着赞同。对别人的命运不感兴趣，却体现出一种人文关怀和同情——这是我唯一知道的例子。

你们知道，去圣托马码头，要经过三四个比较复杂的拐弯，那里距离有洗手间的公众建筑和酒吧比较远。你想象一下，一位刚到这个城市的外国姑娘，可能是柏林墙倒了之后第一次踏出国门的姑娘。大白天，她忽然闹肚子了：这边是大路，另一边是大运河，运河上有很多汽艇和船只，上面有很多人，就在几米远的地方，头顶是大太阳。她能去哪儿呢？她知道自己没时间去找洗手间；她不得不在众人的目光下解手。但是，众人的眼光帮了她一把，可以说，是众人仁慈的眼睛帮了她一把。

谢谢你，便书。

我们打开窗子，通通气。到目前为止，我们一直备受臭气的折磨，我们需要放松一下鼻孔，加入一个芬芳的章节。你到里亚尔托的市场上去逛逛吧！你要走圣贾可梅多广场（San Giacometo）通往贝卡里叶（Becarie）小广场的那个入口，而不是走相反的方向：我建议的方向不是随意的。在里亚尔托街道的犄角旮旯就能闻到青菜和水果的清香，那是大运河隐蔽处的一个市场。你走到这里了，就欣赏一下堆得像金字塔一样的鲜艳水果吧。让那些菜篮子、包装纸和塑料袋刺刺拉拉的响声，还有卖水果的人用方言叫卖的声音，震动你的耳膜。然而，这趟游览结束于鱼肆：是的，这个芬芳的间歇已经结束了，还有几个散发着臭味的章节在等着我们，你又得重新习惯刺鼻的臭鱼味。在金属箱子里，那些滑溜溜的生物跳来跳去，在冰沙上留下污迹，会把含着有机体的刨冰弄得到处都是。那些卖鱼的人穿上长筒胶鞋，他们在摊位前，弯下腰，把手臂伸到冰凉的水里，他们在防水纸袋子，或者塑料袋子里放满东西，用青紫的手把袋子放在称上，他们的指甲上沾着乌贼的墨汁、墨鱼的血，还有黏糊糊的液体。

古老的石头牌子上写着可以买卖的鱼的尺寸。在里亚尔托区，在加里波第路的卡斯泰洛区，你可以看到这样的牌子，在圣庞大良也有。我把圣玛格丽塔广场的那个牌子抄在这里：

鱿鱼、鳀鱼、沙丁鱼、蓝鱼　7厘米

鲈鱼、金头鲷、齿鲷、弓背石首鱼、尾斑重牙鲷、薄唇鲛、粗唇龟鳎、大菱鲆、鲻鱼、菱鲆、跳鲛、鳕鱼、欧洲鳎、川鲽、比目鱼　12厘米

鳗鱼　25厘米

牡蛎　5厘米

贻贝　3厘米

在很多街道的墙角，可以看到装着自来水的塑料瓶子，这种情况已经出现有一段时间了。夜里，这些水瓶被放在卷帘门下面，或者大门边上，有些被固定在煤气管道上，有的挂在墙上的钩子上。这些瓶子看起来像小小的界石，里面装的是清水，这其实是一种防小便设施。所有猫都会绕过这些瓶子，它们不会在一个装满水的透明瓶子上撒尿，它们真的无法突破这个障碍，我不知道猫科动物学家有没有发现这个特点。那些店主、作坊的主人，还有普通住户，他们利用回收的饮料瓶子来圈出自己的领地，这可比防猫喷雾有效得多，他们画出自己的防臭地图，对抗野猫的入侵。

但是，也有人会把街道当成露天厕所。在一些比较僻静的角落，你可以看到，有些石头很神秘地露了出来，还有赤

裸的、掉了泥灰的砖头，或者铸铁。我们先来描述一下吧，出现这种情况的地方，一般位于街道的拐弯处，在墙的直角拐弯处，有时候在一座桥的最顶端，在圣罗科小广场上，铸铁建成的桥上。这些裸露的石头、砖头和铸铁有一米多高。石块的形状像一个倾斜屋顶的一角；砖头像一个微型圆顶的四分之一，也像巨大的油饼，或大圆面包的一块；露出来的铸铁是凸出的、披针形的，看起来有些触目惊心。这是做什么用的呢？这些设施就是为了阻止人们在这些地方撒尿，那些锋利的金属刺就能说明这个问题。那像圆顶一样的造型，功能非常巧妙：这种设计是针对那些没有礼貌、到处撒尿的人，他们在这些设置上撒尿，尿会溅到自己身上，尤其会溅到脚上。实际上，这些防小便设施不会挨着石板地面修建，一般会悬空挂着，距离地面大约三十厘米。

威尼斯城数目众多的防小便设施——这个放在页脚的建筑音符、城市建筑的注释，或者说一个微型注解——说明了一件事情：威尼斯被迫证明自己不是洗手间，否认自己是厕所，或者WC。很明显，这表明来威尼斯参观的忠实游客无法抑制在她身上撒尿的冲动。

小时候，我们不知道这是一种古老的防小便设施，不知道这和杜尚的厕所正好相反，是"防便池"。我们用足球运动员的小雕像在这里做游戏，我们让那些小雕像一个接一个，依次从斜面上溜下来，球员一个个掉下来时，我们会把他们接住。这个游戏有一个名字，叫做："跳台阶"，意思是小雕像从跳板上跳下来，跳板就是这个设施上倾斜的台阶。

我想写一篇文章，介绍威尼斯街上的游戏。

木棒和"猴"，也就是"棒打猴"游戏：这是一种小广场上的棒球，或者说板球游戏。用一个圆柱形、两头像铅笔一样削尖的木头作为"猴"，以此代替球，要用木棒非常巧妙地敲打"猴"两端的圆锥部分，"猴"会跳起一米高，"猴"在空中旋转的短短的时间里，要找准机会再打一次，让它飞得越远越好。有时候不小心，"猴"会狠狠地打在路人的额头上。计算分数非常复杂，出击之前要打一个赌，非常有趣，也非常麻烦，"猴"被打出去之后，要费很大力气测量它和出发地之间的距离。

"鞋跟"游戏用的是从鞋匠那里买来的，用来钉掌的鞋跟，或者比较现代的玩法，用一块普通的硬橡胶片，形状像碟片，模仿溜溜球，在一个虚构的二维空间里滚动，有一个滚球的"平面国"。但是"鞋跟"没有球可以打，鞋跟要一个跟随一个，要把自己的鞋跟扔到距离对手的鞋跟最近的地方，要用手腕转一下，让鞋跟在空中旋转起来，滑翔，最后平稳落地。

用粉笔把鞋跟每一步的轨迹画出来：有时候石板路不够用，我们会用手指推着"鞋跟"，走进一家牛奶店，来到意大利各处，穿越边境，在外国游客的脚下对打。

我们会骑着自行车，逃过那些步行的交警。我们会和邻居争执，把被没收的球要回来。

另外我们还会玩弹球、跳格子、石头人等游戏。

以前，小孩玩的玩具枪一般都有半米长，塑料枪管在宠物店里可以买到：实际上，那是卡在鸟笼上的一个小横梁，金丝雀和鹦鹉可以站在上面。子弹可以是做面包的面团，或者木匠用的红色腻子。在多雷塔运河的路标上，现在还可以看到玩具枪子弹的红色印子，那些子弹在上面已经粘了几十年，是一种古老射击游戏的遗留物。那些大一点的发射器发射的是用纸卷成的圆锥体。

当然，我列举的这个游戏目录并不是很完整，但是我提到过的游戏都是我小时候玩过的。无论如何，我觉得我属于懂得那些游戏规则的最后一代人——那些规则太复杂了，我没办法给你解释其中的细节。现在，街上的游戏经历了科技变革：手工玩具枪已经被水枪代替，强有力的水柱可以喷射到五十米之外，口径越来越大。小孩子会在喷泉里给水枪装水，在水枪里装好几升水，装水的容器越来越大，有容积为200毫升、500毫升、1000毫升的水枪。七十年代，小孩子模仿大人的游戏：在铁栅栏上挂一个篮球筐，在人比较少的街道上，用粉笔画一个网球场，在球网的地方挂一条皮筋。孩子们总是争吵不休，争论球是从哪里过去的：不，下面！不，上面！塑料玩具枪的到来，标志着街道游戏工业化时代的到来。

在这个专门谈论鼻子的一章，我为什么要和你说这些小孩玩的游戏呢？因为这些游戏已经消失了，但是它们阴魂不散，这些灵魂，你用鼻子可以嗅到，可以吸进去，呼出来。

威尼斯有很多灵魂，作家和导演到处都能嗅到这种气息。他们在街上行走，会被地狱第八层的恶魔附体：《十日谈》里愚蠢的郦赛塔夫人，莎士比亚笔下的奥泰罗，哥尔多尼剧中的路奥纳多，维斯康蒂电影《战国妖姬》里的利维亚·塞皮耶里公爵夫人，亨利·詹姆斯笔下的波尔德鲁小姐，托马斯·曼的《魂断威尼斯》中的古斯塔夫·冯·奥森巴哈，还有伊恩·麦克尤恩的小说中的玛丽和科林，这个名单会无穷无尽。我举个例子，你可以想象一下：圣巴拿巴区，在电影《夏日时光》里，凯瑟琳·赫本掉到了运河里；从一个正在清理的下水道里，跳出了《夺宝奇兵》里哈里森·福特扮演的印第安纳·琼斯，还有《最后一次十字军东征》中的人物。你要知道，我谈到的并不是一个很重要的地方，不是圣马可广场这样有名的地方。

威尼斯已经沾染了无数虚构和想象。在那些惊人幻影的重压下，她的石头吱吱嘎嘎作响。在这个世界上，没有任何地方可以承担这个吨位的幻影。在保护城市方面，反复出现的警钟不是关于城市古建筑的，在所有人的支持下，这些建筑的保护是可以实现的。其实，威尼斯是被幻影、幽灵、故事、人物和梦想所压迫，那是人们张着鼻孔就可以呼吸到的。

眼　睛

　　戴一副深色的太阳镜吧：保护好你的眼睛，威尼斯可能是致命的。在古城中心，美辐射非常厉害，每一小块地方都散发着美，有些地方表面上很谦卑，其实阴险无情：不仅包括高耸入云的教堂，还有没有景点的街道，以及运河上并不如画的小桥。古建筑正面散发的美，就像拳头一样打在你脸上，脚踩到的地方也会让你直哆嗦。眼前的美景对你来说是迎头一棒，你会被美扇耳光，被美狠狠揍一顿。大腕建筑师安德烈亚·帕拉第奥（Andrea Palladio）会把你推倒在地；十七世纪的威尼斯建筑师巴尔达萨雷·隆盖纳（Baldassarre Longhena）会让你站不起来；十五世纪，文艺复兴早期的建筑师莫罗·科都司（Mauro Codussi）和雅各布·桑索维诺（Jacopo Sansovino）会把你灭掉。你会觉得很难受，这就是亨利·贝尔·司汤达先生遭受的著名疾病，这种忽然爆发的疾病，后来被定义为"司汤达审美眩晕综合征"。

你不要让情况恶化下去，你不要老是去看那些雕像和绘画，一直待在无数作品和收藏中间，你会有沉沦的危险。我给你说说，那些在我看来，城市里最致命的美学体验：有一些是非常明显的；另外一些更加危险，因为我当时一无所知，毫不设防，所以一下子就被击中了。我如果要做一些伤害自己的事情，就去圣乔治学校，去那里看维托雷·卡尔帕乔（Carpaccio）的绘画，每次我都会痴呆一阵子，但到目前为止，还没发生什么大不了的事情。我在圣罗科大会堂里游荡，我很确信，那个无辜的丁托列托（Tintoretto）会让我觉得无关痛痒，但是，在弗朗西斯科·比安塔（Francesco Pianta）的迷人木雕面前，我忽然就抽风了，他的作品非常神秘，糅合了寓言、象征，还有巴洛克盛宴可供人饕餮。这种体验，我之前从来没对任何人讲过。

只要走几步，你就会变得失魂落魄。你想象威尼斯人会怎么说，他们会说：那些游客非常幸运，当他们看到一栋非常漂亮的建筑时，他们会用照相机，或者摄影机把它装在盒子里，防止了这些建筑的美辐射。当地居民怎么办呢？太多的辉煌和美会损害人们的健康。从早到晚，威尼斯人的眼睛都要面对这些奇迹，他们每天都要遭到美辐射，这种辐射会让他们变得虚弱，会削弱他们的生命力，让他们变得迟钝、憔悴。威尼斯人被称为"最从容的人",这不是没有根据的,就好像说他们总是带着那种病态的平和,爱犯晕,有点像梦游症。在亨利·詹姆斯的另一篇小说里,有一位伦敦的无政府主义者在欧洲旅行,他来到威尼斯,被这里的美所震撼,委罗内塞(Veronese)绘制的天花板改变了他的生活。他回到伦敦,作为恐怖分子,他要进行一次暗杀,但他决定金盆洗手。他本应该刺杀一位公爵,但在最美的画作前,他自杀了。

幸运的是,这个世纪,人们已经发现了这种病毒的解药。第一个补偿办法——缓和这种美,虽然是临时的,但是应用非常广泛,就是在修复建筑时,利用包着塑料纸的脚手架,或者是用来加固的木条抵挡一阵子。正是因为这个缘故,那些修复工作持续的时间总是很长:这是一个借口,这样就可以把那些致命建筑掩盖很长时间。从某种意义上来说,脚手架就像是核辐射隔离器,就好像建筑里放的是原子弹弹头——在威尼斯,人们需要提防建筑表面辐射出来的破坏性能量。

另外一个方法是修建新建筑,这是最彻底的方法,但不幸的是操作性不强:在威尼斯,连搭一个狗窝的地方都没有了。威尼斯是由过去堆积而成,她的过去非常辉煌,这是一件不幸的事情。因此，一有机会，建筑师会对威尼斯的"明星"建筑进行修复。你坐上汽艇，在大运河上游览：沿岸四公里的建筑美不胜收，最后到了圣马可海湾。你刚刚经过了安康圣母圣殿，还有海关大楼的尖顶，现在等着你的是圣乔治岛，岛在右边，左边是威尼斯造币厂、马尔恰纳图书馆、圣马可时钟塔、圣马可大教堂、塔楼、公爵府、叹息桥，还有监狱！这些建筑，一座比一座美，让人受不了，你正要发作，但是苍天有眼，赐福予你，现在你看到了达涅利宾馆，它及时出现，拯救了你，让你恢复过来。看到那栋可怕的钢筋水泥建筑，你会舒一口气。你怎么能安然无恙地经过圣梅塞教堂呢？假如旁边没有鲍尔·格伦瓦尔德（Bauser Grunwald）宾馆做缓冲？真心感谢当代建筑师，衷心感谢马宁广场的信用社总部，还有诺沃运河上的意大利国家社会保障局、地方医疗保险所、意大利国家电力公司，感谢圣西蒙街道上的国家工伤事故保险局。

这就是为什么这个城市对圣露琪娅那么忠诚，她是掌管视力的神祇。每年十二月十三日，人们都会去圣杰雷米亚教堂，在祭台后面有一个透明的水晶棺，人们会排队在圣女的木乃伊旁边祈祷。一直到六十年代，人们还可以看着圣露琪亚的眼眶进行祈祷，威尼斯人和圣女交换一个眼神，相互打招呼。威尼斯人的目光有些过于专注、激动：他们面对的是从殉难者眼窝里挖出来的眼睛，是一双不存在的眼睛。他们凝视着圣露琪亚空洞的眼眶，这是一剂万灵药：威尼斯人的眼睛会流出眼泪，那些因为长期注视美而变得浑浊的眼球，那些充满罪孽的视网膜、水晶体，这时候会得到清洗，一年之中，在城市里积累的美辐射残渣会得到净化。恐惧会化解美，虽然这中间不存在什么可怕的东西。遗憾的是，现在威尼斯人再也看不到圣女的眼睛，因为爱国主义者阿尔比诺·路其阿尼（Albino Luciani）——一位内心非常敏感的牧师——在他成为教皇若望·保禄一世时，给所有基督教徒揭示出：上帝就是母爱，他让人在圣露琪亚的脸上戴了一副银质的面具，轮廓非常优美。

  威尼斯是建立在一具尸体之上的。千年之前，威尼斯人把圣马可的遗体偷了过来，这保证了威尼斯共和国的独立。正是这个缘故，城里出现了一些木乃伊，它们都存放在玻璃石棺里，接受瞻仰：圣露琪娅、圣约翰，还有几具埃及来的木乃伊，保存在圣马可广场的考古博物馆里。在威尼斯，游客还可以参观内梅科特（Nehmekhet）石棺，还有某些亚美尼亚长老的石棺，在制作木乃伊、保存尸体的时候，在亚美尼亚的生拉扎罗岛上，死者的脑子被从扩大的鼻孔里掏出来。有一位非常神奇的鳄鱼女祭司出现在自然历史博物馆里，这个博物馆以前是德国人的货栈，这位女祭司躺在动物标本、兵器、日常用品收藏，以及非洲十九世纪的艺术作品中间。这些东西都见证了那些具有传奇色彩的威尼斯旅行家，一段被忽视的、最不幸的、最不为人所知的故事。十九世纪中叶，世界上去尼罗河源头探险的人，不仅仅有英国人和法国人，还有威尼斯人——乔瓦尼·米亚尼（Giovanni Miani），他差点儿就成功了。米亚尼走遍了半个非洲，兜售穆拉诺玻璃厂生产的珠子，以物易物。他忍受着痢疾和水灾，其他国家的抵制，还有祖国的嘲弄，他给自己拔蛀牙，骑的驴子死了之后，他骑着公牛击退土著的袭击，他还遭遇了夜晚挑夫的逃逸。他没走几天，就在尼亚萨岛生病了，最后掉头回去。差不过两年之后，斯皮克和格兰特就抢先赶到了目的地。

米亚尼在他的游记中是这样描述那个水晶棺的："我透过玻璃，看到一个戴着金色面具的木乃伊，这是在曼费卢特对面的山洞里找到的，在阿拉伯山脉上，有几百万个鳄鱼木乃伊。从那个山洞向里走，可以看到埋葬在这些爬行动物中间的人体。就像现在看到的，我们知道，这是一位女性木乃伊，我相信这是一位女祭司。希罗多德记载过这些女祭司，说她们喂养这些神圣的两栖动物，当它们死去的时候，这些鳄鱼会被埋在她们身边。"

现在，你闭上眼睛，你要想象整个威尼斯被夷为平地：连一块砖头也没有了，只有街道的痕迹还在，还有广场上明亮的水井。你在这个想象中的、明暗对照的城市里行走：路上挤满了影子，还有光芒四射、充满粉尘的广场。你要记住，软百叶窗就是这个城市发明的，就是可以把阳光切片的横木条卷帘。窗户一般距离屋角非常近，看起来有些夸张，窗子非常靠近建筑的拐角，这样可以尽可能地采光，并把光线反射到邻近的墙壁上，然后再折射到室内。

你要戴上能看清东西的眼镜来到街道上，你会发现，那些街道、桥和广场的名字都是画上去的。路牌都是写着黑字的白色方块，字写在一层泥灰上面，本地方言把这个泥灰层称为"小床单"。在市政府工作的工人会定期用画笔涂一遍路牌，他们都不是精细的语言学家，在重写的时候，有时会把本地方言写成标准意大利语，否则的话，就没办法解释，同样一个广场上，十几米距离间就出现了两个不同的名字：圣玛格丽塔和圣玛盖丽塔。圣乔瓦尼和圣保罗两个圣人的名字在一个比较古老的牌子上，被写得连在一起，写成圣乔瓦尼保罗，成了一个人。

现在，请你坐下来，学习一下这个小小的地名词汇表。

威尼斯只有一条"道"，就是诺瓦道，它是在十九世纪末期铺成的，当时为了简化卡纳雷吉欧区的迷宫，模仿巴黎的奥斯曼大道修建的，只是规模比较小。威尼斯有两条"路"，圣马可的"三月二十二日路"，还有卡斯泰洛的"加里波第路"。在加里波第路旁边的街道上，晾着各种各样像屏障一样的床单，还有彩旗一样的内裤，华彩一样的短裤。那些洗过的衣服都挂在房子的前面，有时候，会晾在小广场上拉开的晾衣绳上，有些晾衣绳有十几米长。

另外，还有巷子和十字路口。

还有其他路，几乎都叫"街"；还有一些支路和胡同，但并不一定比"街"窄、破旧。

为什么有的"街"不叫"街"，而是叫"石街"呢？因为刚开始时，大部分街道都是土路，为了区分，把用石板砌过路面的街道叫做"石街"，总之，"石街"是几个世纪前遗留下来的语言化石。

"土河"是用土填了的运河。

"屋基"是可以行走的河岸，也就是那种一边是房子，一边是运河的路。在比较宽的水域，在大运河，或者圣马可海湾，有的屋基被称为"河岸"。

运河一般指的是大运河，还有朱代卡运河，都很宽阔、很深。其他运河都被称为"水道"。那些宽阔、平静一点的水面被称之为池子。

桥就是桥，一共有五百多座。

广场只有一个，就是圣马可广场。

其他广场都叫"场子"和"小场"。记忆里，小广场上的草地是夏天的时候长在石头缝里的草，唯一一条没有铺上石头，也没有被青草覆盖的街道，是卡斯泰洛区的圣彼得街。

"院子"是在一片房子中间比较隐蔽的空地，只能通过一个入口、拱廊或者小路进去。

拱廊是房子之间的通道。

我们已经说到这儿了，就顺便提一下两个常用词汇，是关于建筑和地方的，这两个词一般都不会出现在路牌上："屋顶平台"（altana）是建在屋顶的木头平台，搭建在一些非常纤细的柱子上，让人觉得眩晕；"司快若"（Squero）是小船厂。

词汇学习结束。

现在，你已经学习了普通街道的名字，可以面对真正的地名百科了。

威尼斯的地名大部分都会采用宗教人士的名字，除了一些特例，尤其是复兴运动和战后出现的名字，比如说加里波第路、马宁广场，还有纳扎里奥·索罗（Nazario Sauro）广场。威尼斯街道的名字，一般都不会采用世俗名人的名字：不会采用总督、舰队司令、旅行家和音乐家的名字，而通常是为了纪念一些恐怖事件、民俗、普通职业，还有消费品。你要看一看最后一章列出的书目，这里的街道名的确太怪异了，你绝对有必要选一本介绍威尼斯街道名字的书。了解这些街道名是穿过城市的另一种方式：每条街道都包含一个让人难以置信的小故事，就好像读着一个印在墙上的"新闻专栏"！

我不能随心所欲地讲述这些故事，有些故事简直太惊心动魄了。我选择一个有代表性的讲讲吧，这个故事涉及三个路名。

五个世纪之前，有一个工人在用勺子吃一碗杂碎汤：由牛百叶、牛肺、牛脾脏和尾巴做成的，带很多汤，汤里有一块肉，怎么嚼也嚼不动——那是一节人的手指头，上面还有指甲。啊！这就是圣西门区失踪的那些小孩的下场！这位工人马上告发了那个卖肉汤的人——香肠师傅比亚吉奥。这位做香肠的人很快认罪了，他被绑在一匹马的尾巴上，从监狱到他的商店，拖着来回跑，最后身上的皮都被扒开了。在香肠店里，他被剁了双手；为了不浪费时间，在把他拖回监狱的路上，用钳子一路夹着他，实施酷刑。刽子手戴着帽子，蒙着脸，在"脑袋"街上，嘀咕了几句，在圣马可的两根柱子间把他的头砍了。罪犯的尸体被大卸八块示众，用叉子挂在托伦蒂尼区的"大卸八块桥"上——就像发生这类事情时，一般会采取的刑罚。香肠师傅比亚吉奥，杀害和烹饪儿童的连环杀手，被大运河的第一个路牌——"比亚吉奥"岸记载着。

通常，很多路都是采用一些老作坊的名字来命名，一般广场都是用圣人的名字来命名。在威尼斯，工作很窄，宗教很宽。

街道上的各行各业是满足当时人们基本生活需求的经济化石：酒桶街、肥皂街、洗衣盆街、铁锅街、纺锤街，以及香料街。

以圣人名字命名的地名，一般都采用位于天堂第二三层的神祇的名字：圣阿波纳尔、圣波尔多、圣巴塞乔、圣卡桑德拉、圣杰尔瓦西奥、圣普罗塔西奥、圣马库拉、圣普罗沃罗、圣斯蒂、圣特洛瓦索，等等。

一小撮天上来的黑手党垄断了最宽敞的空间，他们废黜了天国的王，建立起临时政府。这些圣人把上帝流放到教堂门口的空地上，以及那些潮湿、不宜居住的狭窄街道上，手工业主和店主中间：耶稣和十字架都被放置在不起眼的小街道上。

现在，你已经习惯于走路时鼻孔朝天，看高处的建筑，你要小心陨石，还有鸽子的粪便，当然，要小心的不仅仅是这些。只要下一场大雨，墙上好几平方米的泥灰就会被冲下来。我讲几个九十年代的故事，威尼斯人被从天而降的东西击中。有一位商人，在服装市场工作，二楼头顶上的线脚忽然脱落，他一下子被打倒在地。在托雷塔（Toletta）运河上，有一整面墙壁被水泡了，墙壁倒下，就像拉开的舞台帷幕，露出了一对目瞪口呆的夫妇，他们穿着内衣和拖鞋，惊慌失措地站在电视机前面。幸运的是，墙倒下时，运河上没有船经过。圣卢卡广场上，曾经有一片阳台掉在了地上。圣西蒙教堂包在外面的一张金属板掉了下来，挂在教堂的圆顶上，像利剑悬顶一样，在行人头顶二十米的高处悬着。

关于瓦片、脱落的泥灰、尺寸很大的陶罐忽然掉在地上，这样的事情很多。天竺葵、仙客来花盆在地上炸开，或者落在行人的头颅上：瓦片、黑色的肥土、脑子、碎片、花瓣、假牙、肥料、眼球散落一地。这就像是一项威尼斯的优良传统，威尼斯共和国鼓励和支持这种类型的群众体育运动。在美切利区有一个老浮雕，上面雕刻的是：大概七百年之前，有一位阴险的老妇人，从楼上丢下来一个容器——一个钵或者瓦瓶，这个罐子落在巴依阿蒙特·提埃坡罗（十四世纪威尼斯贵族，曾阴谋造反）手下一位旗手头上，让整个部队丧失了参照，让反对格拉代尼戈总督的阴谋落空。在一个秋季的午后，我看到一个男人面对着圣方济各广场打开窗子，窗扇上面的铁销生锈了，窗扇掉在了距离一位行人几厘米的地方。谁说威尼斯会沉入海底？威尼斯在掉渣。

天上也会掉下一些活物，比如说，被心怀嫉妒的老姑娘囚禁在房子里的猫咪。在发情的季节，家猫在阳台的栏杆里哀嚎，它们会向那些幸运的野猫求欢。路上的野猫一只趴在另一只身上，有的还尝试三只在一起：一只公猫趴在一只母猫身上，还有一只公猫在最上面。受到这些场面的刺激，家养的母猫实在受不了了，它们的欲望已经从栏杆里溢了出来。它们从三楼跳了下去，猫主人在整栋房子里找它们，结果都找不到。两个星期之后，这些消瘦、满身抓伤、幸福的母猫会重新出现。

现在，需要记载一下那位有史以来的"跳低"世界冠军,那是朱代卡区一只海德格尔式的传奇猫咪。

故事里的猫咪名叫普奇,大约在七十五年前,它喜欢在一个四楼的阳台上睡觉:它蜷缩成一团,享受阳光。为了不受打扰,普奇从阳台上出来,爬上栏杆,从那里跳到了隔壁阳台上,隔壁阳台的窗子是关起来的,它躺在挡板外面。当我的祖奶奶打开窗子时,普奇忽然间就落空了,它吓得喵喵大叫,猫咪都是熟练的速降选手,它一下子就启动了紧急迫降动作:像飞行松鼠,或者擅长滑翔的猴子。那时候,在路上玩耍的小孩子总是会留意四楼的窗子:每次看到普奇来到阳台上,他们会等半个小时,让猫咪安静地休息一会儿,然后,他们会在窗口呼唤我祖奶奶的名字,她会忽然打开窗子,探出头来。

人们经常想,动物会不会做梦,它们是不是和我们一样,也会遭受噩梦的困扰,比如说做那些忽然踩空的梦,梦见自己坠下悬崖,但是醒来时,头依然枕在一个安全的枕头上。我认为,这只猫的体验是海德格尔式的:它本来睡得好好的,睁开眼睛时,却发现自己在下坠。在那些年,马丁·海德格尔解释说,我们来到这个世界上,就好像是被丢进来的,这种下坠其实是时空里的一跳。生活就是一只在阳台上昏睡的猫,忽然醒来,发现自己正从四楼往下掉。

书

关于这场身体以及精神之旅，每走一步，我都会给你们介绍几本书。这些书可能要比我写得更精彩，还有一些书，本身和威尼斯没有什么关系，但是因为各种原因，我在这本导游介绍中提到过。

首先，我想给你们推荐一本非常精彩的威尼斯导游书籍，这本书在提供的信息和细节上面，从来都没有被超越，那就是朱里奥·劳伦泽蒂（Giulio Lorenzetti）写的《威尼斯和她的三角湾》(*Venezia e il suo estuario*)：一本非常经典的导游书，林特（Lint）出版社出版。

对于时间富裕的游客，要了解当代威尼斯的全景，有很多书可以推荐，可以参照艾琳·森顿（Aline Cendon）和章保罗·西蒙尼特（Gianpaolo Simonetti）合著的《威尼斯的使用说明》，马尔西利奥（Marsilio）出版社出版。

要了解威尼斯共和国的青春、衰老，还有她创造的奇迹，你当然要看一看弗雷德里克·莱恩（Frederic C. Lane）写的《威尼斯历史》，艾诺蒂（Einaudi）出版社出版，这家出版社还出版了这本书的简装版。

如果你不想费太大的力气读大部头的书，我可以向你推荐一本非常好的简史——盖拉尔多·奥尔塔里（Gherardo Ortalli）和乔瓦尼·斯卡拉贝罗（Giovanni Scarabello）合著的《威尼斯简史》，帕西尼（Pacini）出版社出版。

关于威尼斯的诞生，以及城里近期一些考古发掘，有一部非常不朽的著作《威尼斯之初》(Venezia Origini)，作者是乌拉蒂米罗·多林戈（Wladimiro Dorigo），爱莱克塔（Electa）出版社出版。

捷克作家博胡米尔·赫拉巴尔的小说《我曾侍候过英国国王》，里面讲到了一个小孩，他把钉子钉得到处都是（E/O 出版社，也有简装版）。

海底楔入木桩的那段，还有其他数据和信息，都是从保罗·巴尔巴罗（Paolo Barbaro）几本非常迷人的书中得来的：《威尼斯——荡漾在幸福海洋的一年》(Venezia, l'anno del mare felice)，穆利诺（Mulino）出版社出版；《威尼斯——重新找到的城市》(Venezia, la città ritrovata)，马尔西利奥

（Marsilio）出版社出版。

关于威尼斯的建造技术，有一本很系统、很专业的书——《历代的威尼斯》(*Venezia nei secoli*)，作者是欧金尼·米奥兹（Eugeni Miozzi），西南风（Libeccio）出版社出版。

脚

《威尼斯的情感导游》(*Guida sentimentale di Venezia*)，作者是迭戈·瓦莱里（Diego Valeri），帕西意（Passigli）出版社出版。在这本书中，瓦莱里建议大家，在威尼斯要随意走动："不要确定路线和目标，在街道和广场上随便走，这也许是在威尼斯的最大乐趣。"

文中提到的法国先生，他一辈子都记得：在威尼斯的石板路上行走时，脚下感觉到的轻微凹凸不平。那位先生是普鲁斯特，他在《追忆似水年华》里提到过这种体验。

腿

"希望的酷刑"是法国象征主义作家——维利

耶·德·利尔-阿达姆（Villiers de l'Isle-Adam）在《残酷的故事》（Marsilio 出版社）中提到的。

一九八七年诺贝尔奖获得者——约瑟夫·布罗茨基（Josif Brodskij）在《无法治愈的根据》（Adelphi 出版社）里提到，他完全折服于船夫的平衡术，他们能在贡多拉上保持站立。

泻湖所有的生态秘密在《威尼斯的泻湖》（*La laguna di Venezia*）里有详细介绍，这本书是是由乔瓦尼·卡尼亚多（Giovanni Caniato）、欧金尼奥·图瑞（Eugenio Turri）和米歇尔·扎内蒂（Michele Zanetti）合著（Cierre 出版社）。关于威尼斯的泻湖，你还还可以参照 S. 乔达诺（S.Giordani）编写的《泻湖》（*La Laguna*）（Corbo e Fiore 出版社）；还有章保罗·洛罗（Giampaolo Rollo）的《威尼斯泻湖自然风景导游》（*Guida alla natura nella laguna di Venezia*）。

关于船只的书籍，可以参照吉尔贝托·佩佐（Gilberto Penzo）写的《威尼斯的船只》（*Barche veneziane*），以及卡罗·多纳特利（Carlo Donatelli）的《贡多拉》（*La gondola*）。

关于威尼斯水位升高，还有采取的一系列防护措施，在章弗兰克·贝蒂尼（Gianfranco Bettini）的《狮子要飞向哪里？》（*Dove volano i leoni*）一书里有非常详尽的描述。

心

塔德乌什·祖拉乌斯基（Tadeusz Zulawskij）和艾塞克·亚伯拉罕维奇（Isaak Abrahamowitz）之间的辩论，出现在《疾病》(Pathema)杂志上，1997年6月出版，创刊第17年第33期。

健美冠军奥斯卡·科瑞可斯坦（Oscar Krichstein）的访谈，出现在美国月刊《超级肌肉》("SuperMuscle")，1997年4月第48期（由笔者翻译）。

科斯坦扎·菲内戈尼·瓦罗迪（Costanza Fenegoni Varotti）的那首《无题》，是从诗集《炽热的泻湖》中节选的（在此感谢女诗人授权引用）。

卡里·福莱特其（Gary Fletcher）的自传《温和的融化》(La fusione tiepida)，意大利语版本，由法罗尔菲（Farolfi）科技出版社出版。

安德烈·赞早多（Andrea Zanzotti）的诗句，是从诗歌《事已至此》(Ormai)中节选的，出自诗集《在风景背后》(Dietro il paesaggio)(Meridiani Mondadori出版社)。

手

吉尔贝托·佩佐（Gilberto Penzo）的《佛尔科勒：威尼托的船桨和桨架》(*Forcole, remi e voga alla veneta*)，整整一本书，都是专门介绍潟湖上的桨架；还有萨维利奥·帕斯多尔（Saverio Pastor）的《桨架》(*Forcole*)。

面孔

威尼斯人在狂欢节时，如何乔装自己，图文最丰富的一本书是达尼洛·雷阿多（Danilo Reato）写的《威尼斯的面具》(*Le maschere veneziane*)；也有一本简装本介绍威尼斯的面具——莉娜·乌尔班（Lina Urban）写的《威尼斯狂欢节面具》(*Le maschere di Carnevale a Venezia*)。

亨利·詹姆斯的小说《阿斯彭文稿》(*Il carteggio Aspern*)，在这本书中，他把威尼斯描述成一座房子的内部。

耳朵

《隐藏在威尼斯的花园》(*I Giardini nascosti a Venezia*)是贾尼·贝勒匀·加尔丁(Gianni Berengo Gardin)、克里斯提娜·摩尔地·拉文纳(Crisitina Moldi Ravenna)和泰奥多拉·萨马丁尼(Teodora Sammartini)编写的,由阿森纳(Arsenale)出版社出版。

下雨的时候,作家通过雨声"看到"这个城市,这是捷克作家约翰·M.赫尔(John M.Hull)在《盲人心灵的秘密花园》(*Il dono oscuro*)中的描写。

嘴

语言专家卢奇阿诺·卡内帕里(Luciano Canepari)提出了一种描写威尼斯方言的优雅方式,泻湖上的几支流行乐队,采用他的方式写歌词,比如说这三支有名乐队:"画未干(Pitura Freska)"、"扎布姆巴动物园(Zoo Zabumba)"和"巴蒂斯多·可可(Batisto Coco)"。为了避免弄巧成拙,在这本书里描写本地方言时,我没有采用他的拼写方法。

至于泻湖上的美味，有一本书非常精彩，值得摆放在煤气灶旁，做饭时参考，那便是《威尼斯本地传统美食》(*A tela coi nostri veci*)，由马里奥·塞尔瓦托·德祖连（Mariu Salvatori de Zulian）编写，但有个小小的问题：这本书是用威尼斯方言写成的。

关于那些古老的饭馆，艾里奥·早尔兹（Elio Zorzi）写了一本《威尼斯的馆子》(*Osterie veneziane*)（Filippi出版社），可供参考。

有一系列最新出版的书籍介绍威尼斯的饭馆和酒吧，以及在城市里度过闲暇时光的地方，你可以参照米开拉·西比里亚（Michela Scibilia）写的《威尼斯和近郊的饭馆》(*Venezia, Osterie e dintorni*)（Sansovino出版社）。

鼻子

《维内托地区的谚语》(*Proverbi del Veneto*)是乔瓦尼·安东尼奥·奇鲍多（Giovanni Antonio Cibotto）收集并编写成书的。

安德烈·本索（Andrea Penso）写的《在威尼斯、的里雅斯特、弗留里，我们小时候玩过的游戏》(*I giochi di quando eravamo piccoli. A Venezia, A Trieste, in Friuli*）里，介绍了威尼斯小孩在街上玩的游戏。

《神曲》里有一段非常有名，但丁描述了那些盗用公款的灵魂被放在"热锅"里煮，他把那些热锅比作造船厂的热沥青锅，那是《地狱》篇第二十一章，5—15句。

郦赛塔夫人（Lisetta Querini）是薄伽丘《十日谈》里一个愚蠢的女人，她确信自己和大天使加百利上床了，那是第四天第二个故事，故事发生在威尼斯。

我们大家都知道，莎士比亚是一位抄袭者。他的著作《奥泰罗》有一幕和威尼斯相关，他抄袭了威尼斯十六世纪的一部小说，是费拉拉的宫廷作家吉拉尔迪·钦齐奥（Giambattista Giraldi Cinzio）作品集里讲述的一个故事《威尼斯的莫洛》(*Il Moro di Venezia*)。

路奥纳多（Lunardo）是一个满脸愁容的家长，出现在哥尔多尼（Carlo Goldoni）的代表作《粗人》(*I rusteghi*)里。

利维亚·塞皮耶里公爵夫人是卡米洛·博伊托（Camillo Boito）的作品《感觉》(*Senso*)中的主人公，卢奇诺·维斯孔蒂（Luchino Visconti）改编了这个故事，拍了电影《利维亚·塞皮耶里》。

波尔德鲁小姐在威尼斯日益憔悴，那是亨利·詹姆斯的

《阿斯彭文稿》里的人物。

古斯塔夫·冯·奥森巴哈是托马斯·曼非常著名的小说《魂断威尼斯》里的人物。

这些作家都是大家，很多出版社都出版过他们的作品。

最后，在伊恩·麦克尤恩的小说《对客人的殷勤招待》(*Cortesie per gli ospiti*)中，在玛丽眼中，科林的下场非常悲惨：这个故事非常详细地描述了威尼斯，但是从来都没有提到这个城市的名字。

眼睛

十九世纪中叶，约翰·拉斯金（John Ruskin）写了一本关于威尼斯建筑的书——《威尼斯的石头》(*Le Pietre di Venezia*)，非常有名。在书中，作家颂扬了哥特式建筑，贬低了文艺复兴时期的建筑。

亨利·詹姆斯的另一本小说，故事里有一名恐怖分子，他对自己的所作所为感到懊悔，那本书的名字是《卡萨马西马公主》(*Principessa Casamassima*)(Garzanti 出版社)。

阿尔多·安德雷奥罗（Aldo Andreolo）和伊丽莎白·博尔赛蒂（Elisabetta Borsetti）抄写了威尼斯城中出现的所有

石碑，出版了一本《威尼斯记忆——威尼斯人的面孔、生活和作品，通过大理石记载的"外国人"》(*I volti, le vite e le opere dei veneziani e dei "foresti" che la città ha voluto ricordare nel marmo*)（Altane 出版社）。

在朱塞佩·塔西尼（Giuseppe Tassini）的《威尼斯趣闻》(*Curiosità veneziane*)（Filippi 出版社）中，可以看到关于威尼斯路牌的所有秘密。这本书有点儿贵，但是必不可少，现在也出简装版了。保罗·比法雷里奥（Paolo Piffarerio）和皮耶罗·扎诺多（Piero Zanotto）给这本书做了插图，出版了两册非常精美的漫画版威尼斯趣闻——《路牌如是说》(*I nizioleti raccontano*)（Hunter 出版社）和《路牌如是说2》(*I nizioleti raccontano 2*)（Cardo 出版社）。

十九世纪伟大的畅销书作家——朱塞佩·塔西尼（Giuseppe Tassini）是一名非常博学、热爱享乐的嫖客，他也给我们留下了几本书：《几桩引起热议的极刑犯》(*Alcune delle più clamorose condanne capitali*)，还有《在威尼斯淫乐》(*Il libertinaggio a Venezia*)（Filippi 出版社）。

提到木乃伊的章节是在乔瓦尼·米亚尼（Giovani Miani）的《尼罗河源头的探险》(*Le spedizioni alle origini del Nilo*)中找到的资料。1865年，这本书通过卡尔塔诺·隆哥

（Gartano Longo）出版社出版，现在只能在威尼斯图书馆里找到（我是在 Quirini Stampalia 图书馆看到的）。

格拉齐耶拉·其维雷蒂（Graziella Civiletti）在《一个威尼斯人在非洲》(*Un veneziano in Africa*)中，通过探险家的日记，重现了米亚尼的探险，全书富有激情，引人入胜。

尾 巴

接下来是一个微型文集,收录了几篇关于威尼斯的文章,总共没有多少页,然而文章囊括了出现在威尼斯的三种常见方式:外国游客(莫泊桑)、外国居民(迪奥戈·梅纳德),还有本国移民(我)。

1.《威尼斯》这篇文章的作者是莫泊桑,1885年5月5日发表在《布拉斯》报上。据我所知,这篇文章的意大利语翻译版本之前没有出版过。我选择了这篇文章,是因为我可以借此翻译我最喜欢的作家,他在短短的几页里就揭示了游客对威尼斯最主要的印象。

游客在来到威尼斯之前,首先看到的是文人墨客的描述和观点,脑子里积累了很多篇章。然后,他们到了这里,看到运河里的水脏兮兮的,而且城市很小,和她如雷贯耳的名声不匹配。我想起了巴拉德(James Graham Ballard)的一部小说:2001年,科学家发明了时光机,那些最主要的历史事件电视会记载，并通过影像展示出来，但是经过开始一段时间的狂喜，观众对一些改变人类历史的事件表示失望，因为那些场面都小里小气的。从这种意义上来说，莫泊桑是坐着一辆来自神话空间的车子来威尼斯旅行的，所以他处于一种非常矛盾的处境，就是所有来威尼斯参观的人都会面临的处境：传说在吸引着他，让他打破围绕在传说周围的神奇光环，但最后又产生了一个新的传说，因此传说会一直继续下去。这就是传说的连锁反应，或者说得更准确一点，这就是传说的保养方式。

要注意到很有意思的一点：莫泊桑的文字全是赞美和华丽辞藻的堆积，有点让人消化不了，其实，他本应该描述建筑的美。更有意思的是，莫泊桑选择了画家乔凡尼·巴蒂斯塔·提埃坡罗的作品来进行描写，说他"非常优雅、迷人"，但他其实是威尼斯画家中最轻浮的一个。按照莫泊桑的说法，提埃坡罗属于这种画家：他不是很受人欣赏，但是他让人比较容易忍受。这位法国作家在提埃坡罗的画作里找到了一种缓冲，一种化解艺术的艺术。文化的义务就是让人向美致敬：在博物馆里，莫泊桑觉得他快被美窒息了，他需要在清凉的角落里透口气。

2.《杀人的石头》这个故事是我给广播电台写的微型广

播剧，Sintonie 电台，1997 年 6 月 30 日播出。1999 年，剧本通过左娜（Zona）出版社出版，在这本书里，我又重新整理了一下。

3.《防美辐射指南》是《眼睛》一章里几个段落内容的混合，是一个简单扼要的版本，1996 年 8 月 5 日发表在《统一报》上。文学上"混合"这个概念是我从托马索·拉布兰卡（Tommaso Labranca）那里学到的。当下，混音方面的大师是澳大利亚 Kruder & Dorfmerster 乐队和英国 Fatboy Slim 乐队。

4.《口香糖桥》是《手》维南特桥段落中的内容的混合加工，是我 1993 年写成的，之前从未出版过。

5.《在威尼斯睡去》是巴西作家迪奥戈·梅纳德（Diogo Mainardi）写的，出版于 1995 年，是一本翻译成五种语言的小书，分发给那些来威尼斯旅游的年轻人。这本书是罗伯托·费璐奇（Roberto Ferruci）和我主编的，由"威尼斯政府青年委员会"出版，属于"旋转威尼斯（Rolling Venice）"写作项目。

威尼斯

莫泊桑

威尼斯！在这个世界上，有没有一个城市像你一样有名，受人们欣赏，被诗人歌颂，被恋人渴望，最受游客欢迎？

威尼斯！在这个世界上，有没有一个城市的名字，像你的名字一样能激起无数梦想？威尼斯！你的名字那么优美、响亮、甜蜜：一下子就能从人们的灵魂深处激起喧嚣、神奇的记忆，还有与之相关的美梦。

威尼斯！单单这个词语就能让人们的灵魂激动不安，能够激起我们内心的诗意，能让我们欣赏美的感官全部打开。我们到达这座不同寻常的城市，我们无法避免会被震撼得魂飞魄散，用梦一般的眼神看着她。

因为对于一个行走在世界上的人来说，难免把想象和现实混淆起来。人们会说那些旅行者说谎、欺骗读者。其实不是的,他们并没有说谎,因为他们在看风景时,更多的时候用的是心灵,而不是眼睛。可能有一篇小说会让我们入迷,有二十几行诗句会打动我们,也有可能是一个小故事吸引了我们的注意,让我们感觉到旅行者特别的旋律,点燃我们的梦想,让我们炽热地渴望一个地方,在远方,这个城市勾魂摄魄。在这个世界上,没有任何一个地方比威尼斯更能点燃人们内心的热情。当我们第一次进入这个世界闻名的泻湖,我们无法避免会对之前怀有的情感产生抵触,我们难免遭受一种幻灭。那些读过书的人,做过梦的人,了解这个城市历史的人,他们走进威尼斯时会想着别人的观点——那是来过威尼斯的人的感受。他们会沉浸在这些先入为主的观念里,带着别人的印象和感觉,从参观开始到结束,很多时候心里都有数:他已经知道自己应该爱什么,该鄙视什么,还有该欣赏什么。

首先,火车穿过一片平原,平原上布满了奇异的水塘——这可能是一张地图展示出来的,上面有海洋和大陆。然后,土地一点点地消失,可以看到船队在行驶,先是沿着海岸行驶,然后冲向一道长长的浮桥,浮桥搭建在海面上,通往一座矗立在海上的城市——一座充满了钟楼和古老建筑的城市。这些建筑并没有受到海水的限制,而是修建在那些固定在海底的支柱上面。还可以看到一些小岛,岛上有一些连绵的农场,有时看得到,有时会从视野中消失。

我们进站了,有几条贡多拉停在码头等人。贡多拉的船体是黑色的,很长,也很纤细,两头很尖,向上挑着,有一个非常奇怪、优美的船头,是用亮锃锃的不锈钢做成的,贡多拉的确名副其实。贡多拉上只有一名船夫,他站在乘客后面,操纵一根船桨,船桨的支架固定在船右边,像一根弯曲的树枝。这个支架看起来很迷人,也很严肃,招人喜爱的同时又有点咄咄逼人,支架下面的底座也非常优雅。这么漂亮的船桨架,还有贡多拉让人沉醉的摇晃——它们充满活力,但又能平稳前行——总能在人的内心激起一种甜美、出人意料的感觉。船夫好像什么也没做,船就在向前开。有时候,贡多拉停下来,让游客观看风景,这种移动方式好像在抚摸着乘客的肉体和灵魂,他们会被一种忽然的、不间断的身体快感所侵袭,心灵感受到一种深层的醉意。下雨的时候,在贡多拉中间会撑起一个木雕的小房子,镶着铜边儿,上面盖着绸缎华盖,装载的好像是关于爱情或者死亡的秘密,有时候,透过窄小的窗子能隐约看到一个女人优美的剪影。

我们沿着大运河游览,让我们惊异的第一件事就是:这个城市的河流都是道路……城里的河流,与其说是运河,不如说是露天的下水道。

实际上，刚开始第一眼的惊艳和沉迷——这就是威尼斯给人的印象——之后，就好像某位工程师非常爱开玩笑，把那些原本用石板或者砖头铺成的路面打开了，强迫这里的居民行驶在自己制造的脏水里，在世界其他城市里，这些肮脏的水流都被掩盖起来了。

然而，在一些比较窄的地方，有时候，这些运河会有一种非常怪异的美。那些破旧的房子被海水腐蚀，在运河里倒映出它们黯淡的影子，它们肮脏、支离破碎的地基伸到运河里，像可怜的穷人在水渠边洗衣服。还有一座座石桥架在小运河上面，在水中留下它们的倩影，会出现两个连在一起的影像：一个是真的，一个是倒影。这个古老的海上王国声名远扬，来这里之前，你想象着一座巨大的城市，里面有很多高大的建筑。可是，当你到达这里，发现这座城市的一切都那么小，那么小！你会觉得非常惊异！尽管制作工艺惊人，但威尼斯只是一个小玩意儿、一个破旧的小玩意儿——贫穷、破败。威尼斯向来非常骄傲，因为她拥有光荣的历史和辉煌的过去。

一切都好像很破败，好像快要轰然倒塌，这座破败不堪的城市，好像要跌落在这口支撑着她的海水里。很多建筑的正面已经被时间毁坏，被潮湿的空气侵蚀，被毁掉石块和大理石的"麻风病"弄得支离破碎。有些房子已经倾斜了，快要倒塌，它们在杆栏上站了这么久，已经疲惫不堪。走着走着，忽然间视野开阔了，泻湖变得宽阔，右边出现了一些小岛，岛上有一些房子，左边有一座摩尔人风格的建筑，具有一种非常奇异的东方美，而且非常优雅，你看到的是公爵府。在这里，我不会详细谈论那些大家都在谈论的地方——威尼斯的名胜古迹。圣马可广场和巴黎皇宫的广场很像，圣马可教堂的正面非常像一个用纸浆做成的、一家音乐咖啡馆的橱窗，但教堂内部却囊括了一种绝对的美：线条和色调非常和谐，那些古老的、金底色的马赛克镶嵌画，在庄严的大理石中间散发着一种柔和的光芒，圆拱和背景的层次非常神奇，面对这样震撼人心的情景，你会觉得哑口无言。你静静地走进这里，在这些柱子周围，你用眼睛就可以看到神灵，这种体验使得圣马可成为这个世界上最值得欣赏的地方之一。

欣赏着这件无与伦比的拜占庭杰作，你就会想到另外一件宗教杰作，那件作品也是无与伦比的，但风格却完全不同，那是一座哥特式艺术杰作，它依然矗立在北方的灰色波涛中。那座惊心动魄的花岗岩艺术珍宝，孤零零地矗立在圣米歇尔的宽阔海湾里。

威尼斯的绘画是独一无二的，威尼斯是好几个世界一流画家的故乡。如果你没有进入这个城市的博物馆、教堂和古建筑里，你就没办法真正了解到他们的作品。提香、委罗内塞，他们惊人的天分都是在威尼斯展示出来的，至少在这里，他们的辉煌事业已经达到了顶峰。还有一些画家，我们通常都很不客观地忽视了他们，他们去了法国，但他们作品的价值都基本上接近提香和委罗内塞，比如说卡巴乔（Carpaccio）和提埃坡罗（Tiepolo），他们在过去、现在和未来的画家中也堪称一流。尤其是提埃坡罗，没有人像他那样能在墙上用壁画展示出人体线条的优美，那些人物的目光中暗含着性感和诱惑的痕迹，就好像梦中的情景。那种让人沉醉的魅力是艺术传递给灵魂的。提埃坡罗就像洛可可风格的华多（Watteau）和布雪（Boucher）一样优雅迷人，他拥有独一无二的、让人赞叹的、引人入胜的能力。我们可以欣赏其他画家，那是一种很有节制的欣赏，但是没有人像提埃坡罗一样，让人心甘情愿地进入幻境。他绘画中的比例非常神奇、优美，有一种出人意料的力度，装饰多样，带来一成不变的新鲜感，还有独一无二的色调。面对所有这些，总会让我们产生一种特别的渴望，想要一直生活在他用双手装饰过固也是一项非常漫长的工作，修复工作完成之后，这座教堂又恢复了巴洛克艺术的风采。

警官：真是太美了，勾魂摄魄的美。

霍夫曼博士：要考虑到，那些刚从火车上下来的游客，首先看到的就是这座教堂。他们来到这座城市，肯定会从它面前经过。

警官：无论如何，那名死者的尸体是通过一根绳子，挂在一座圣人雕像的脖子上的。

霍夫曼博士：这就好像要形成一种强烈的对比：一个失败的人挂在一位无法比拟的楷模身上；一具凡人的身体挂在一座无法摧毁的圣人雕像上。

警官：按照您的理论……

霍夫曼博士：按照我的理论：对于外国人、外地人来说，这个位置就像这座城市的门槛，选择在这个地方上吊自杀，包含着一个非常明显的信息。

警官：按照您著作中的解释，这就是说，"当一个人进入威尼斯时，就要为她的美付出代价"。

霍夫曼博士：正是如此。您比我的学生们可仔细多了，您一字不漏地记得我的结论。

警官：我们的第二个案子……

霍夫曼博士：按照我的看法，第二个案子更具有象征意义。那场自杀看来也是一种传递信息的方式。

警官：即使是在死的时候，也连一张纸条都没有留下？

霍夫曼博士：那当然了，自我毁灭是一件非常极端的事情，自杀者没办法通过另一种形式表达出来，好像杀死自己就是最简单的方式，可以表达自身处境的可怕真相。

警官：这一次，那位自杀者把自己的手腕和脚腕都绑在一根楔入大运河的柱子上。

霍夫曼博士：是的，在五月九日夜里，他好像等着海水上涨，完全将自己淹没。他让水把自己淹死了，这真是一种非常可怕的死法！

警官：真是充满想象力。

霍夫曼博士：我觉得，我们不应该调侃那位可怜的死者。

警官：是我在调侃，而不是我们。对不起，我以为科学会不容情理，会欣赏现实最无情的一面。

霍夫曼博士：您可真是高估了我们这些科学家，但现在不是在谈论我，我们还是回到第二桩不幸的事情上吧。要知道，事发现场那个系揽柱的位子……

警官：……位于金屋码头一个比较僻静的地方，那里正好也有一座刚刚修复好的古迹。

霍夫曼博士：这个案子让我想起了我的一位病人。他是威尼斯人，几年前，他也在类似的情况下自杀了。

警官：您对他很了解吗？

霍夫曼博士：几乎一无所知，在他自杀前三天，我才开始对他进行治疗。

警官：即使有魔法，那也无力回天啦。

霍夫曼博士：正是如此。我当然不能马上找到一个让他活下去的理由，说真的，我都没有时间了解他自我毁灭的真正原因。

警官：无论如何，那件事情发生之后，您有机会看到他的日记。

霍夫曼博士：他家人把他的一本日记交给了我。在读那本日记时，我发现这个人痴迷于威尼斯的美，这个城市让他感觉到一种无法忍受的窒息。

警官：这就是司汤达综合征的体现。

霍夫曼博士：我觉得……这不是司汤达综合征，那是电视上通俗心理学的说法。还有，我们不能把一种美所引起的临时消化不良和一种长期的美中毒混为一谈。司汤达综合征会发生在没有经验的游客身上，他们来到威尼斯，把自己居住的丑陋城市抛在身后——他们住的地方都像宿舍,像活死人住的地方,而且一直在修新建筑。到了威尼斯,很明显,那些习惯丑陋建筑的人都会感到一阵迷失。很明显,他们没办法承受那么多坚实厚重的美,这些美劈头盖脸、迎面而来,让他们始料不及,这真是要命……走吧,离开这里吧,没人拦着他们收拾行李,回到家乡,呼吸那里的健康空气,重新回到他们热爱的烟囱中间。

警官:但是,作为威尼斯居民……

霍夫曼博士:作为威尼斯居民,他们应该一辈子把美的巨大负担扛在肩膀上。我以前的那个病人,他觉得自己就像一只落入陷阱的老鼠,被卡在一米宽的小街道上……在那些街道上,你的目光无处可逃,总能遇到如画的风景和建筑,总会碰到一座优美的石桥,或者一座桥拱的柔美轮廓。

警官:所以说,他出现在那里,不是偶然……

霍夫曼博士:"天堂巷子"是威尼斯最迷人的巷子之一。

警官:三角形框缘上的浮雕——从扶墙上凸出来的横梁……真的很美,是的,可能是最美的东西。

霍夫曼博士:但是很明显,对那位死者来说,这也是最致命的。

警官:那条巷子之前也在修复,对行人重新开放没多久,情况就是这样。

霍夫曼博士：实际上，这三个案子发生的地点都是在那些因为修复被掩盖了一段时间的古建筑前面。这些建筑在被掩盖期间，对于他们来说，更容易忍受，也更具人性。当拆掉脚手架，去掉遮盖物，对于这些已经深陷绝望的人，就像美的狂潮席卷而来，无遮无拦，可以把它们的威力发挥到极致……他们每个人都受到了美的致命一击。

警官：那个在"天堂巷子"里找到的人是中毒身亡的。

霍夫曼博士：是的，是这个城市给他下的毒。

警官：因此，按照您的看法，威尼斯是一个连环杀手。

霍夫曼博士：请允许我引用一句老话——滴水穿石。我认为，是威尼斯的美杀死了他们，我的观点在媒体上也产生了某种反响。实际上，这个广为流传的观点出现在一份非常细致详尽的科学报告中。

警官：去年春天，在匹兹堡世界心理学研讨会上，从某种程度上来说，这篇科学报告给你带来了声誉。

霍夫曼博士：实际上，在各国心理学家中间，这篇文章引起了一定反响。

警官：它成为当时最有创意的心理治疗案例之一。而您呢——请允许我说出来——经过很多年默默无闻的职业生涯，忽然名满天下。

霍夫曼博士：其实事情并非如此，我们学者和警察局的情况不一样，我们并不需要拉关系，才能通过选拔并获得提升。

警官：不是这样？

霍夫曼博士：作为学者和医生，我的观点是建立在一种很细致的专业研究之上的。我不知道，您是采用什么样的标尺来评估……

警官：是的，是的。我谈论的不是您作为心理医生的事业，在学心理学之前，您尝试的是另外一条路。引起我怀疑的是：在报告中，您对于建筑技术的详细描述，还有那些关于建筑的比喻。您是一位没有取得成功的建筑师，霍夫曼博士。

霍夫曼博士：您怎么能这么说！

警官：我是利用空闲时间，进行研究之后发现的——在我拉关系的间隙，我发现了这个细节。我找到了您以前的几篇文章，在文章里，您说：任何修复都是荒谬的，您建议把那些古代建筑全部拆除，从根本上解决问题。

霍夫曼博士：我不明白，这些文章和案子有什么关系。

警官：谁知道呢。我记得，关于圣马可钟楼您写的文章。在二十世纪初，那座钟楼塌了，然后，威尼斯人按照"一模一样，原地重建"的原则，又修建了一座。您说："想着建一座和原来一模一样的钟楼，这真是疯狂！真应该把它连根拔出。"我说得没错吧，博士？

霍夫曼博士：您说的是很多年前的事情了。

警官：还有关于凤凰剧院的火灾，您的狂热声明："在那些虚伪、痛心疾首的人当中，我是唯一一个表示高兴的人，但我绝不害怕表达自己的观点。现在，终于有一座重要建筑需要重建，我希望不要发生这样的事情：对古建筑的致命狂热，让人们重建一座一模一样的剧院。我们不能再做那些死者的奴隶了，受制于我们祖先的腐烂的美学。他们当时是肆无忌惮的！难道他们尊重哥特风格，或者新古典主义吗？假如在十七世纪，当时的艺术家重复了文艺复兴时期的风格，那我们还会有巴洛克艺术吗？凤凰剧院被烧毁了，这为未来主义乌托邦打开了一线希望。"

霍夫曼博士：这些都是记者们的夸大其词，永远都不要相信他们在报道里引用的话。无论如何，我已经不再是建筑师了。

警官：因为威尼斯的缘故，您一直没有成为建筑师。您痛恨这座城市，您永远都不会原谅这个城市的建筑、运河、街道、广场、教堂和廊柱。七岁时，您被父母从柏林带到这里，您在这个充满古迹、教堂和著名建筑的地方长大。这座城市已经没有地方修建任何新东西了，只能修复、维修，按照旧的建筑，重新修建一座新的。人们崇拜古代，欣赏断壁残垣。在这座城市，您要放弃表现那些从来没有出现过的东西，但是在世界上其他地方，您可以留下自己的痕迹，可以留下表现自己风格的建筑。

霍夫曼博士：您意识到了吗？对一位建筑师来说，您正在描述的事情是无法忍受的！

警官：这种处境可以引发疯狂，或者让他们把愤怒发泄到别人身上。因为命运的捉弄，正好这些年，您出生的城市变成了一个工地。当您意识到，在这期间柏林变成了一个建筑师的天堂……整个城区都被挖开，拆掉重建！

霍夫曼博士：柏林的波茨坦广场已经被重新规划了，从头到脚焕然一新……

警官：您没办法忍受这件事情。您杀害了三个人，其实他们一点儿也不害怕威尼斯的美。您把他们描述成自我毁灭者，因城市建筑的美而发狂。您牺牲了那三个人，您甚至建立了一种新的心理学治疗理论，并借此成名。您成了房地产商的偶像，您为最糟糕的房屋投机者提供了理由和话题。尤其是,您报复了威尼斯,您控诉她是一名无情的连环杀手,杀死了她的居民。现在,您可以打电话给您的律师,霍夫曼博士。

防美辐射指南

那些正在修复的建筑四周会搭建起脚手架,会用一种银灰色或者深绿色的合成布料,把钢管都包裹起来。这些脚手架材料取代了之前的竹竿,还有透明塑料膜。对于持续时间比较长的修复工作,修复的人员会用小木板制作一张临时的、和建筑正面一样的"假面",说是临时,但实际上有时候会用上好几年。这些建筑的"假面"都是四方形的,有时是小房子的形状,也有玻璃窗子,会让人联想到阿尔多·罗西的建筑风格,比如说"世界剧场"——这个剧院用木头建成,可以漂浮在水上,1979年的威尼斯艺术双年展,这个作品被固定在海关大楼的角上。

在威尼斯,教堂和古建筑的正面被"假面"覆盖,一般是采用合成材料,或者木料,这些设施保护了本地居民的眼睛。当游客看到建筑的正面时,就像遭到迎面一击,走一步台阶也会觉得举步维艰,因此不能忽视的一点就是:作为威尼斯居民，具有杀伤力的美景会一刻不停地伤害着他们。在这个美的王国里，每天在美的毒害里，他们不能指望毫发未伤地出去。在这种情况下，采用"司汤达综合征"这个术语可能不合适，威尼斯人每天都要面对那些巷子、大广场、小广场、大运河、小运河，这和游客偶然产生的、美的消化不良症是截然不同的。那些外地人居住的城市，通常都是由雾霾、大教堂、破房子、奇形怪状的楼房、路灯和钟楼很不和谐地拼凑在一起，但是威尼斯人却生长在这种美非常密集的地方，他们没有自我防卫的工具，游客却是有备而来的。从来都没有看到一个威尼斯人，在金屋或者叹息桥面前被美镇住时，会拿出一台照相机，这些地方他们可能每天要经过两三次。我们要意识到：在威尼斯，游客拍摄的不仅仅是威尼斯著名的建筑，整个城市的角角落落都熟悉照相机的咔嚓声和录像机的嗡嗡声。这就意味着：几乎每条小运河、小胡同、运河边上的人行道、小广场和石桥，都在迸发和涌出美。

在罗马和佛罗伦萨，到底有多少美不胜收的地方？二十五处、七十七处，或者一百一十一处？在威尼斯，这种统计是不可能的：就像1986年"切尔诺贝利"计算器，威尼斯的"美景"计算器会很快崩溃，因为已经超出了计算的上限。在整个老城区，美不胜收的地方极多，美辐射极强：我们对于达到峰值并不感兴趣，但平均值一定不会低于"风景如画"——从画家们在威尼斯的取景就可以看出来。十九世纪写实主义画家笔下的威尼斯，画家描摹的并不是圣马可广场上的宏大场面，而是破败的小运河，描摹过威尼斯不知名小运河的画家有：鲁本斯、米莱希·法夫雷托（Milesi Favretto）、皮耶特罗·弗拉贾科莫（Pietro Fragiacomo）和恰尔迪（Ciardi）。

威尼斯的美辐射无所不在，会让你无处可逃。游客可以中和这种辐射：他们会很灵活地把美装入他们的照相机，或者录像机里。当游客身体里的"美感应器"亮起来（通常采用的普通模式）时，他们马上就会用镜头挡住自己，躲过城市的美辐射，躲过一种致命的美感染。

那些可怜的威尼斯人呢？大家都知道，十八世纪中后期，威尼斯共和国已经表现出种种没落的迹象。历史学家、市志编写者只是满足于列举经济和政治上的原因：他们从来不把自己枯瘦的手指放在共和国分崩离析之前出版的图书目录上，他们没有把威尼斯的没落归因于一个哲学新流派的产生。十八世纪五十年代，鲍姆加登的《美学》的发表标志着西方人的身体里安装了一个新型的感觉接收器，每一个新功能的产生都预示着一个旧功能的废弃。假如每个器官都会出现它特有的疾病,那么,鲍姆加登的革命性发现——刚刚产生的美学器官上,无法避免会产生一系列皮疹、病变、衰老和肿瘤。

威尼斯人几十年来,从早到晚都暴露在这种美学辐射里,他们冒着什么样的风险呢?他们的病症是什么?他们受辐射器官后,透视片子是什么样的?

游客没必要在威尼斯市中心寻访所有挤在一起的美丽建筑。两个世纪以来:在最后遗留的、可以修建房子的地方,出现了一些新建筑,可以产生缓冲作用。威尼斯人的老死和流失是无法避免的,现在本地人口有七万多。威尼斯人一直以来被称为"最无忧的人",他们不仅仅是无忧的,还要考虑到这一点:那个"最"字打破了快乐无忧的概念,快乐已经溢满、泛滥出来了,已经超出了人的神经所能承受的上限,毁坏了平静、安详的智慧。过于强化的快乐像一种病态的寂静主义,最无忧的人就好像说的是一种生理上、血液里的狂喜,一种持续性的惊异状态,长期处于幻觉,是一种"美辐射"中毒后的症状。

因此,那些脚手架,还有遮盖物是好东西,可以让古建筑正面的美辐射间歇一段时间。凡塔斯提契(Fantastici)是十九世纪锡耶纳的一名建筑师,他在《建筑词汇表》一书中非常明智地写道:"眼睛在看物体时,需要慢慢看,中间需要间歇一下,或者有个过渡期,让眼睛可以休息一下。"按照凡塔斯提契的观点,不久前,威尼斯人的眼睛也得到了"休息",因为修复,金屋被包起来好几年!被大运河上的这座美丽建筑折磨的那些眼睛,终于可以休息一下了。人们的目光可以停留在"假面"上,可以用目光划过刨得很平的木板,享受一下"间歇"。在修复赤脚修士教堂的那段时间,有好几个月,教堂正面都被一种浅灰色的塑料纸覆盖,那真是给眼睛放了一个长假!在刮风的天气里,塑料纸被风刮着,上下起伏:就像一个竖起来的游泳池,或者水塘。

糟糕的是,有些建筑的美辐射是挡不住的,上帝也无能为力。有一位保加利亚艺术家,他一生都致力于把曼·雷的作品——《伊斯多尔·杜卡萨之谜》,在规模比较大的物体上实施,他可以把一座庞大的建筑包裹起来。不了解真相的人会觉得很高兴,因为修复团队的负责人会在脚手架的塑料布上,印上卡福斯卡里和圣马可钟楼的图案,这样一来,在修复期间,游客在外面至少能看个大概。他们不知道这样做的结果:那些建筑会透过包裹着它们的塑料纸渗透、泄露出来!

最严重的事情发生在圣马可广场，有好几年，公爵府被一面漂亮的屏风挡着，在这面遮盖物上，不仅仅大规模地印出了建筑的正面，还营造了一个"视觉陷阱"，让人们可以看到建筑的内部。包在建筑外面的印刷品展现了充满历史画卷的天花板，金色的花边，还有威尼斯共和国在丰饶角接受海神供奉的场景。一眼看去，这个"视觉陷阱"就像是整个建筑被大炮轰了，有一部分外墙塌陷了，造成一种视觉效果：残存的断壁残垣让人可以从外面看到建筑内部的样子。所有人都对这一举措表示满意，这个虚假、怪异的做法，在漫长的修复期间，只是一个权宜之计。只有我，只有我知道，那印在塑料纸上，墙壁被撕开的情景，并不是深思熟虑的做法——这简直是一种轰炸！仅仅瞥一眼卡福斯卡里，或者钟楼，就会让人脸色发白、目瞪口呆，以前从来不会出现这种情况。尝试把这些建筑的美辐射包裹起来，造成的后果是非常可怕的；尝试把公爵府包在一个粉色包裹里，会出现这样的情景：建筑里层层堆积的图像会一个越过一个，像有毒的炸弹或者地雷一样炸开，像一种有色的声音，具有很强的穿透力，不仅仅会突破修复期间，包裹在建筑表面的那层薄得可怜的塑料纸，甚至会突破建筑的表面，喷涌出来。

掌管色相的神，拯救我们的眼睛吧！

口香糖桥

从维南特桥下来,在拱廊入口,人们的目光很容易被一个奇异的场景所吸引。几年前,一个路过这里的人没有把口香糖吐在运河里,而是把一块嚼过的美国口香糖粘在了头顶一个伸手可及的地方。我现在没法考证当时发生的事情,没有办法确认现在粘在泥灰墙上的无数口香糖,是因为很多经过此处的路人相互模仿的结果,还是只有一位口香糖爱好者一个人疯狂的杰作。

也许,仔细研究一下口香糖上面的指纹,就可以解开谜底。我们可以想象:有一位非常认真的学生,他学习勘测,或者有一位海运公司的职员,每天早上当他去上学,或者去办公室的时候,每一次经过这里,都会在拱廊上留下一个纪念,里面融入了当天的心情。他用一种具有破坏性的举动,在灰泥墙上留下一系列迷人的日记,记载着自己分泌的唾液,反复咀嚼过的签名,代表了乏味生活的日常情感,每天一个污点，不紧不慢，后来越来越多，势不可挡。

如果真有作品完成的一天，那真是一件惊人的事情。那将是一本长长的、带有各种口味的笔记，是泡泡糖的辉煌成功，是口香糖的惊人广告，是关于资本主义晚期一个巨大的、有力的反思，比沃霍尔的任何作品都要震撼人心。

或者说，这位不知名的粘口香糖的人是一位仔细的点彩画家，是乔治·修拉的徒弟，用口香糖进行创作的创新者。要创造这个作品，只需要有耐心，那种看似随意的堆积，其实是根据一张精心设计的图纸在进行，慢慢就会显示出整体画作的样子。最后，每块胶乳留下的点，在整体视觉中都是至关重要的，那些看起来最肮脏的罗望子味口香糖，还有像鼻屎一样的苹果味口香糖，在整体画面中也具有重要意义，那可能是阿佛洛狄忒的眼睛，或者是圣母小脚趾头的指甲。

从那时候开始，在维南特桥的台阶上休息时，我仔细观察着那些星星点点的口香糖。我枉然想把这些点统一起来，连接在一起，就像用一根竹枝在用小石头拼成的大洋群岛地图上，找出一条航道，就像喝醉的蜘蛛一样，吐出错乱的丝线。我把不连贯的星星点点用线连起来，勾勒出一只鹰的形状；我胡乱画出线团一样的线条，我用圆珠笔勾勒出一条不间断的小径，一条疯狂的、没有字母的、跟踪加密的路径。

口香糖桥　119

我在这个由点构成的镶嵌画中间胡思乱想,琢磨着:"这到底像什么?"真是白费力气!

这幅画的作者把每块乳胶嚼了又嚼,是不是像调色一样,直到获得他想得到的口味效果?我们这些庸俗的凡人,把口香糖反复咀嚼,就是想获得一种乏味的、深层的味道!可能,这位镶嵌画画家根本就不在意味道:他咬住的是纯色,他的舌头是一个调色板,他的口腔是一个有咀嚼功能的颜料店,他的上颚是研钵,他的臼齿是捣锤,会嚼碎和搅拌各种色调,会调出有滋有味、前所未有的颜色。他在粉色的草莓味香口胶里,加入一丝酸奶味的白色,在发黄的、香蕉味的口香糖上,加入一道芒果和柚子的亮色。

也许,犬齿留下的印子也不是随意的,留在墙上的有些口香糖上,还可以辨认出犬齿的样子。有时候,嚼过的口香糖上甚至拓出了整个牙齿的形状,和按上去的指纹一起,形成了一个微型雕刻作品:一个游戏拼图,指甲雕刻艺术,或者咀嚼式雕刻艺术;是一个凹进去的、石头雕琢的蚂蚁窝,丰富了艺术的表现形式。现在看来,这个用口香糖制造出来的图像,还是一群乌合之众,凹凸不平的胶面,很像衣服的褶子,像皮肤上留下的枕头印子,也好像上了眼药水时看到的东西。

无论发生了什么事情，无论这是一个人的作品，或者是群体的创作，这都是一个后现代墙上作品的杰作：就像显示器的像素，像被臼齿嚼过的群星，粘了口水、硫化了的银河，要创作这个作品，就要不停咀嚼，嚼得下巴简直要掉了。在掉色的绿薄荷花冠中间，会充斥着黑胡椒薄荷，还有发白的强力薄荷，有时候会冒出来几颗香草的黑珍珠、草莓的鲜红、柠檬的艳黄，以及蓝精灵的惊异之蓝。因为这些口香糖的缘故，维南特桥会改名为"口香糖桥"。

我相信，事情是这样发生的：刚开始只有一个人，他每天经过这里，有一天忽然灵机一动，开始了他的杰作。他不断在这座桥上粘口香糖，在差不多一个月的时间里，他已经在桥上粘了数量可观、黏糊糊的一大片。因为一种效仿精神的推动——一种愉快的比赛，大家不约而同地参与了创作，一种重心吸引力一样的本能趋势，像黑洞那样，成千上万个路人口中的口香糖都被吸引到了这里。我觉得这个推论是合理的：一个沉默的艺术家微笑着，播下了一颗种子，开始了这个黏糊糊的创举，最后这个巨大的、正在进行的、多人参与的壁画就出现了。

嘿，艺术，艺术！为什么你还在不停地嚼口香糖？嘿，你这个漫不经心的、疯狂的怀春少女。

在威尼斯睡去

迪奥戈·梅纳德

在威尼斯，我喜欢淤塞的运河，空旷的博物馆，因为修复而关闭的教堂，汗流浃背的游客，还有散发着下水道气味的电影演播厅。我喜欢勇敢的年轻人开的酒吧——这些酒吧一般会很快关张。我喜欢破败的建筑上掉下的泥灰，掉在路人的头上，我喜欢啃咬缆线的老鼠。

对于我来说，威尼斯是静止不动的代表，居住在这里，就像居住在一个非常舒适宜人的邪教组织内部——那些基地到现在还在使用马车，孩子们会因为麻疹死去，因为邪教组织禁止服用有些药品。我觉得，威尼斯的孩子不会死于麻疹，否则就太过火了。

威尼斯拒绝任何形式的创新，那种拒绝是非常绝对的，因为这个城市连人类最初的发明都没办法认可。威尼斯拒绝火，因为这个城市被水围绕；拒绝车轮，还是因为同样明显的原因。如果有可能的话，威尼斯人更乐意居住在树枝上。

和世界上其他地方相比，威尼斯有一个绝对优势，那就是她能保守不变，她反对任何细小的革新，也就是说，给一般人的生活带来惊喜的新事物。实际上，在威尼斯，人们不能通过日常生活中毫无意义的混乱，来掩饰自己内心的空旷，因为在这里，日常生活一直都是老样子：不允许任何人掩饰自己生活的虚空。

意识到这样一种处境并不会造成悲剧。威尼斯人当然会觉得非常厌倦，但是，他们的绝望并不比其他形式的绝望更让人难以忍受。也许事情正好相反，威尼斯人从小就学会了接纳自己的无能，处于一种听天由命、接受虚无的哲学境界里。

对于一个像我这样的作家，一直都在揭示自我和其他人生活的虚幻，没有比威尼斯更合适我的地方了。八年前，我搬到威尼斯来住，我开始怀疑人类社会进步的可能性，还有个人进步的可能性。

我觉得，我已经陷入了威尼斯的昏沉氛围中，我再也无法离开这里，这个城市对我起到镇静剂的作用。我有时候忽然醒来，渴望成为这世界上一个让人瞩目的、活跃的角色，但幸运的是，没过几秒，我又昏睡过去了。

这世界上，不存在比威尼斯更好的地方。

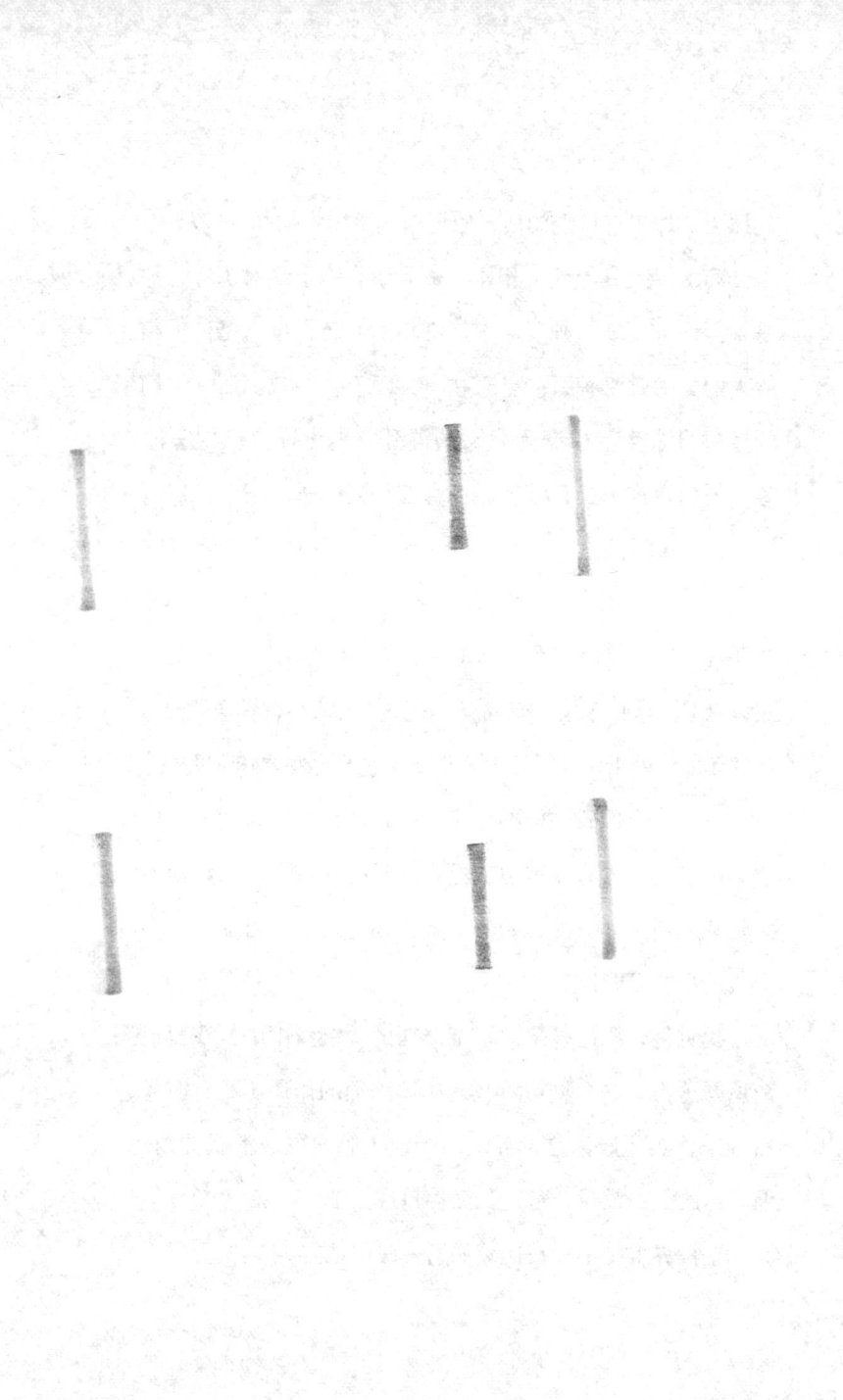